Klaus-J. Teutloff

Die dunklen Seiten
eines Sommers

Roman

AF215658

© 2019 Klaus-J. Teutloff

1.Auflage

Alle Rechte vorbehalten.

Covergestaltung BoD - Books on Demand, Norderstedt
Bild von Pixabay.de

Autorenbild Jenny Nennmann

© 2019 Herstellung und Verlag:

BoD - Books on Demand,
Norderstedt

ISBN: **978-3-749478-23-1**

Bibliografische Information der Deutschen Nationalbibliothek:
Die Deutsche Nationalbibliothek verzeichnet diese
Publikation in der Deutschen Nationalbibliografie; detaillierte
bibliografische Daten sind im Internet über
http://dnb.d-nb.de abrufbar.

Die dunklen Seiten eines Sommers

05.Mai 2016

kurz vor 19:00 Uhr

Ihr Wagen rollte mit 60 Km/h die gut ausgebaute Bundesstraße entlang. Der Abend schlich sich langsam über das flache Land. Am Horizont ging allmählich die Sonne unter. Der Wind pustete sanft gegen die Bäume, die am Straßenrand standen und ließ deren noch junge Blätter flattern. Peggy schien die einzige Person zu sein, die auf dieser Straße fuhr. Auf dem Straßenschild, dass sie gerade passierte, stand eine 90, aber sie wollte nicht schneller fahren. Sie blickte erneut in den Rückspiegel um sich zu vergewissern, dass sie niemanden mit ihrer langsamen Fahrweise behindern würde. Von ganz weit hinten konnte sie ein Licht erkennen, es jedoch nicht zuordnen. War es von einem Fahrzeug oder hatte schon jemand Licht in seinem Haus eingeschaltet? Egal, sie hielt nun ihre Geschwindigkeit und drückte am Lenkrad auf einem Knopf, der für die Lautstärke ihres Radios zuständig war.
Gerade lief ein Evergreen, aus einer Zeit noch vor ihrer Geburt, den sie sehr gern mochte. Er handelte davon, wie es wäre einmal in San Francisco zu sein.
Ihre Lippen bewegten sich und aus ihrem Mund erklang eine liebliche Stimme. Keine, die ihr eine große Gesangskarriere eingebracht hätte, aber sie konnte sich hören lassen. Zunächst trällerte sie den Song mit, wobei ihr Englisch nicht das Beste war und sie es nur so wiedergab, wie sie meinte, dass es richtig war. Ein Engländer oder Amerikaner hätte sie sicher überhaupt nicht verstanden. Dafür war Peggy zu

schlecht in Sprachen. In der Schule hatte sie Französisch und Englisch, beide Fächer wurden bei ihr nur mit ausreichend bezeugt.

Dann kam eine Stelle an der für sie eine Pfeifeinlage angebracht war und so befeuchtete sie mit ihrer Zunge die Lippen und spitzte diese zu. Voller guter Laune ließ sie die Luft aus ihrem Bauch über die Luftröhre und Kehle nach Außen gleiten, um am Ende die verschiedensten, meist krummsten Töne auszuwerfen. Auch der Rhythmus war nicht unbedingt im Takt, aber das war ihr schnurzpiepegal. Sie hielt mit beiden leicht gebeugten Armen das Steuer in den Händen. Das linke Bein war auf einer Ablage neben dem Kupplungspedal abgestellt. Das Rechte hielt konstant, auch bei einer kleinen Steigerung oder einer Abfahrt, das Tempo.

Das Lied wurde leiser und ein Sprecher verkündete, dass es gleich mit der Musik der 60er, 70er und 80er Jahre weiter ginge, jedoch würden vorher noch die Nachrichten und der Wetterbericht kommen. Da die Zeit bis dahin zu kurz war, um noch einen Gesangstitel zu spielen, folgte ein instrumentales Musikstück, das die Fahrerin ebenfalls mit schrägen Pfeiftönen untermalte.

Sie war auf dem Weg von ihrem Freund nach Hause. Beide verbrachten, wie so oft in letzter Zeit die Nachmittage und Abende zusammen.

Heute fuhr sie früher nach Hause, weil sie mal wieder mit ihren Eltern zu Abend essen wollte.

Bei der Geburtstagsfeier ihrer besten Freundin Alina, am 05. Dezember letzten Jahres, lernte sie Oliver kennen. Seine funkelnden blauen Augen hatten es ihr sofort angetan. Niemals zuvor sah sie in solch strahlende Augen.

Sie nahm an diesem Tag all ihren Mut zusammen und sprach ihn einfach an. Insgeheim hatte sie sich keine Chance ausgerechnet, einen so tollen Typen wie ihn für sich gewinnen zu können. Mit diesem Aussehen musste er einfach schon vergeben sein.

Ein Versuch war es ihr aber trotzdem Wert.

„Wer nicht wagt, der nicht gewinnt", hatte schon ihre Oma oft zu ihr gesagt.

Den genauen Wortlaut ihres Anmachspruches würde sie heute nicht mehr zusammen bekommen, er schien ihn aber sehr beeindruckt zu haben. Sie tanzten die halbe Nacht zusammen und er brachte sie um sechs Uhr morgens nach Hause. Bis dahin haben sie sich nicht einmal geküsst, was er durch einen schüchternen, feuchten Abdruck auf ihrer Wange, vor ihrer Haustür, beendete. Mit dem Vorschlag sich am nächsten Wochenende zu verabreden, verschwand er zu Fuß im Morgengrauen. Sie blickte ihm noch so lange nach, bis er sich noch einmal umdrehte, winkte und dann um die nächste Ecke bog. Dort hatte er seinen Wagen geparkt. Bevor er in diesen einstieg, machte er einen hohen Sprung in die Luft und ballte dabei seine rechte Faust in den Himmel hinein.

Dies war jedoch kein Zeichen der Gewalt, sondern eher ein triumphierendes.

Ein, seine Freude nach außen zeigendem Hochsprung, mit Handzeichen.

Die Nachrichten, der Wetterbericht, der für Morgen prächtiges Sonnen- und Badewetter versprach und auch schon die ersten drei Lieder waren vorbei, als Peggy merkte, dass sie viel zu schnell fuhr. Ihr Blick blieb an der Nadel des Tachometers hängen, der auf 125 zeigte. Sie kehrte kurz in sich und musste mit Erschrecken feststellen, dass sie immer noch fröhlich mitsang, wodurch sie scheinbar völlig die Kontrolle über sich selbst verloren hatte. Zumal sie außerdem mit dem Daumen der rechten Hand das Lenkrad durch schnelle wippende Bewegungen malträtierte.

Das passierte ihr nur sehr sehr selten, dass sie zu schnell fuhr.

Hatten ihre Augen das Schild, an dem sie gerade vorbeifuhr nicht gesehen, oder hatten die Sehnerven nur vergessen das Signal an das Gehirn weiterzuleiten.

„Verdammt", rief sie laut aus und dachte dann leise weiter.

„Wie konnte mir das bloß passieren?"

Ihr nächster Blick ging zur Uhr, die sie am linken Unterarm trug. Wieder stieß sie ein „Verdammt" aus und befahl dann bewusst oder unbewusst ihrem rechten Fuß sich vom Gaspedal zu lösen und auf das Bremspedal zu wechseln. Mit leichtem Druck verringerte sie das Tempo und suchte mit den Augen nach einer Haltemöglichkeit. Diese bot sich ihr wenige Meter weiter an.

Der Hebel zum Blickzeichen wurde gesetzt und das Auto in die Haltebucht gelenkt, um dort stehen zu bleiben.

Peggy sah sich verstohlen um. „Hoffentlich hat das keiner gesehen", dachte sie. Es muss wohl, nach ihrer Ansicht, komisch ausgesehen haben, wie sie sich verhalten hatte.

Der Sekundenzeiger ihrer Armbanduhr, auf die sie schaute, bewegte sich zu ihrem Erstaunen nicht.

„Ich habe doch die Batterie gerade erst vor ein paar Wochen gewechselt", dachte Peggy nach.

Mit dem nächsten Augenaufschlag hatte sie die Uhr am Radio fest im Blick. Da diese keine Sekundenanzeige hatte musste sie einige Sekunden warten, um herauszufinden, ob die Zeit tatsächlich stehen geblieben war. „Nach spätestens 59 Sekunden müsste sich die Minutenanzeige bewegen", dachte sie.

In Gedanken zählte sie mit.

Nach nur 17 selbst gezählten Sekunden, die ihr vorkamen wie zwei Minuten, drehte der Minutenzeiger auf die nächste Zahl.

Es war wohl auch nicht wirklich damit zu rechnen, dass die Zeit und damit die Erde stehen geblieben waren.

„Was war nur in den letzten Minuten passiert", dachte sie nach.

Der Zeitunterschied zwischen ihrer Armbanduhr und der Uhr am Radio war fast genau fünfzehn Minuten.

„Hatte ich solange keine Kontrolle über mich?", ging ihr durch den Kopf.

Bei diesem Gedanken kroch ihr eine Gänsehaut über den Rücken. Sie musste sich kurz ein wenig schütteln, damit die Hühnerpelle sich wieder auf die Haut legte.

Sie drückte den Knopf, der die Scheibe, der Fahrertür öffnete und nahm einen langen, tiefen Atemzug. Die Abendluft war erfrischend. Eine leichte Prise kühler Luft kam von dem Feld gegenüber, die den Duft von frisch gemähtem Gras mitbrachte. Das in weiter Ferne ein Bauer auf seinem Traktor saß, bekam Peggy nicht mit.

Den ganzen Tag über herrschte eine schwüle, feuchte Luft in der Gegend. Man konnte es erahnen, dass es wohl bald regnen würde. Aber das erwartete abkühlende und erfrischende Nass von oben blieb bisher aus.

Stattdessen zog dieser sanfte Grasgeruch durch das Auto, der auch eine kleine Portion von Gewitter in seinem Flacon hatte.

Peggy mochte keine Gewitter. Sie wollte daher gern zu Hause sein, bevor dieses sich eventuell doch noch über das Dorf, zu dem sie unterwegs war, ergoss. Bis dahin waren es jedoch noch einige Kilometer. Jetzt merkte sie grinsend, dass es, durch ihren Umweg, noch ein paar Kilometer mehr geworden waren. Das Schild, an das sie eben vorbeigefahren war, zeigte ihr den Weg zu ihrem Dorf, aber sie hatte, warum auch immer, die Ausfahrt verpasst.

Sie lachte erneut kurz auf.

„Bin ich so verliebt, dass ich nicht mal mehr den Wegweiser folgen kann, oder bin ich etwa verhext?", dachte sie.

Sicher, sie hatte einen wunderbaren Tag mit Oliver verbracht. Den schönsten, den sie seit langer Zeit gehabt hatte. Vergleichbar nur mit ...,

„... nein, das konnte man mit nichts vergleichen", ging ihr durch den Kopf, der mit langen blonden Haaren versehen war. Heute Abend trug sie diese offen, sodass der leichte Windhauch ihre Mähne nach hinten wirbeln ließ.

Wieder musste sie Lachen. Die Erinnerungen an die letzten Stunden konnte sie nur zu solch einer Mimik bewegen.

Ein langer, bis in ihren Bauch führenden Atemzug beendete die Frischluftzufuhr in ihrem Wagen, dann schloss sie, durch erneutes Drücken auf den Knopf, das Fenster. Peggy sah sich um, setzte den Blinker um dann auf der Breiten Straße ihre Fahrt in entgegengesetzter Richtung fort zu führen.

„Tz, hab' ich doch glatt die Ausfahrt verpasst", flüsterte sie und drehte das Radio wieder lauter.

Der Blick zur Radiouhr sagte ihr, dass ihre Armbanduhr bereits vor einer Viertelstunde stehen geblieben war und dass sie es wohl nicht mehr pünktlich zum versprochenen Abendessen, um 19 Uhr, bei ihren Eltern schaffen würde.

Sie hatte sich so auf ihre Armbanduhr verlassen, dass sie nach dessen Zeit von Oliver losfuhr.

„Wahrscheinlich lief sie vorhin schon falsch", dacht Peggy.

Noch während sie an den bezaubernden Tag mit seinen wunderschönen Momenten dachte, lenkte sie ihr Auto auf die zu ihrem Dorf führenden schmaleren Landstraße. Ein Lied aus den späten 70er Jahren begleitete sie dabei. Dieses behandelte das Thema von blauen Jeans.

In dem Dorf, zu dem sie unterwegs war, wurde sie geboren und ist dort aufgewachsen. Das heißt geboren wurde sie in einem Krankenhaus, in der nächstgrößeren Stadt.

Zumindest konnte sich Peggy an nichts Anderes erinnern, beziehungsweise wurde ihr nichts anderes gesagt. Ihre Eltern hatten vor vielen Jahren dort ein schönes, großes Haus gekauft und es liebevoll eingerichtet.
Peggy blieb, sehr zum Leidwesen ihrer Eltern, ein Einzelkind. Ein Zimmer in der ersten Etage, das für ein zweites Kind reserviert war, blieb so kaum genutzt. Die Tochter vermögender Eltern bekam es, als sie mit 16 Jahren in die Lehre ging, zusätzlich zu ihrem eigenen, als Ankleidezimmer. Die ganzen Jahre vorher wurde es als Abstellraum regelrecht missbraucht. Viel zu schade, wie Peggy fand und sich nach kurzen Gesprächen mit ihren Eltern, Monika und Ronny, dazu durchsetzen konnte, es für sich zu gewinnen.
Diese Landstraße war weitaus mehr befahren, als die Bundesstraße eben. Immer wieder kamen ihr Fahrzeuge entgegen und hin und wieder wurde sie von einem Schnelleren überholt. Obwohl sie sich hier an die Richtgeschwindigkeit hielt, schien sie wieder die Langsamste zu sein.
Sie drückte erneut den Knopf am Lenkrad, der für die Lautstärke zuständig war, um das Radio leiser zu machen. Warum sie das tat war ihr nicht bewusst, denn für die nächste Tätigkeit, die Peggy ausführen wollte, hätte sie es nicht gebraucht.
Eine weitere Taste drunter wurde aktiviert und es meldete sich eine Computerstimme. Diese forderte Peggy auf etwas auszuwählen. Sie wählte das Programm „Anrufen" und beantwortete danach eine weitere Frage mit „Zuhause".
Wenn man mit der Freisprechanlage telefonierte, ging das Radio automatisch aus. Kurze Zeit später ertönte ein Freizeichen, das durch ein Tuten den Raum des Wagens beschallte. Durch ein kleines Mikrofon, das in die Decke des Autos eingebaut war, erklang die Stimme ihres Vaters.

Sie wechselte einige Worte mit ihm, ehe er sie an ihre Mutter weiterreichte.

Peggy erzählte ihrer Mutter gerade von dem kleinen Missgeschick mit der Ausfahrt und dass sie deshalb etwas später kommen würde, als sie aus unbegreiflichen Gründen die Gewalt über ihr Fahrzeug verlor.

„Kind, was ist bei Dir los?", rief die Mutter besorgt.

Doch ihre Tochter antwortete nicht.

Im Innenraum des Wagens verhallte die Stimme der Mutter und ein knirschendes Geräusch, aus Metall und Glas, folgte. Es dauerte nur wenige Sekunden, dann konnte Monika nur ein leises Schnaufen vernehmen.

Waren das die Atemgeräusche ihrer Tochter?

„Peggy?", schrie die Mutter. Immer und immer wieder.

„Peggyyyyyy".

Schließlich brach die Verbindung ab.

05. Mai 2016 Ca. 19:15 Uhr

***

05. Mai 2016

Ca. 20:30 Uhr

„Wir dürfen Ihre Tochter nicht operieren, Frau Sommer", erklärte der behandelnde Arzt im Krankenhaus in der nächsten Stadt. Hierher hatte man Peggy mit einem Hubschrauber gebracht. Monika stand fassungslos da und konnte es nicht begreifen. Ronny hielt sie fest, damit sie nicht umfiel. Zumindest machte sie jetzt den Anschein, dass dies gleich passieren würde. Der Arzt holte auf die Schnelle einen Stuhl und schob ihn Monika unter den Po. Dann rief er einer Krankenschwester zu, sie möge bitte ein Glas Wasser organisieren.

„Warum können Sie sie nicht operieren, Herr Doktor?", fragte Ronny nach.

„Nun, nach den Papieren, welche Sie mir hier mitgebracht haben, möchte Ihre Tochter von keinem anderen Arzt, als diesem ...ähmm...", er blätterte in den Unterlagen, die er auf dem linken Unterarm gelegt hatte um mit der rechten Hand zu blättern, „ ... ah hier, Professor Doktor Schlingbein behandelt werden. Da sehen Sie", sprach er und zeigte den Eltern den Namen in den Papieren.

„Wer ist das?", fragte Monika und sah ihren Mann an. Der schüttelte nur verständnislos seinen Kopf und sagte einige Sekunden nichts.

Er schien zu grübeln, ob er den Namen nicht doch schon einmal gehört hatte.

„Ich kenne keinen Doktor Schlingfuß. Wer soll das sein?", grummelte Ronny und sah den Arzt an.

„Nun, Professor Doktor Schlingbein, nicht Schlingfuß, ist einer der besten Ärzte Deutschlands, wenn nicht sogar Europas. Er behandelt und operiert in einer renommierten Klinik in Bayern", gab der Mann im weißen Kittel Antwort.

„Bayern? Wie kommt Peggy denn da hin? Wir sind hier in Nordfriesland. Wir waren noch nie in Bayern. Ronny, wie kommt Peggy nach Bayern? Weißt Du etwas darüber? Ich versteh' grad die Welt nicht mehr. Peggy ...", konnte Monika noch von sich geben, ehe sie ganz kurz das Bewusstsein verlor.

Der Arzt kümmerte sich sofort um Frau Sommer, die nur einen Augenblick später wieder zu sich kam. Noch leicht benommen schien sie jedoch nicht vergessen zu haben, wovon sie gerade sprach, als sie diesen körperlichen Ausfall hatte. „... Peggy war doch noch nie in Bayern, woher kennt Sie diesen Doktor?", fragte sie die beiden Männer, die sich daraufhin verdutzt ansahen.

„Nun, woher Ihre Tochter den Professor kennt, weiß ich nicht, aber hier in diesen Papieren steht, dass nur er ihre Tochter behandeln darf, wenn sie es nicht selbst entscheiden kann. Und Ihre Tochter ist zurzeit nicht in der Lage sich selbst dazu zu äußern. Diese Patientenverfügung hier müssen wir akzeptieren. Wenn nicht, verstoßen wir gegen geltendes Recht. Ich schlage vor ich werde mich sofort mit Professor Schlingfuß, quatsch, jetzt sage ich auch schon Schlingfuß, Professor Schlingbein in Verbindung setzen und dann werden wir sehen wie es weiter geht", drückte sich der Arzt formstark und wie abgelesen aus.

05. Mai 2016 **ca. 20:55 Uhr**

***

05. Mai 2016

ca. 21:15 Uhr

Peggy hatte ihre Augen offen und starrte an die weiße Decke des Zimmers mit der Nummer 2 an der Tür. In ihren Armen steckten mehrere Braunülen und Zugänge, die jede für sich andere Flüssigkeiten zu transportieren schienen. Die eine war durchsichtig, eine andere blutrot und wieder eine andere hatte eine merkwürdig ockerfarbene Flüssigkeit mit roten Einschlüssen.

Aus ihrem Mund ragte ein dünner Schlauch hervor, der unter der Bettdecke verschwand und erst an einem Gerät, welches Piepgeräusche von sich gab, endeten.

Die Arme lagen regungslos neben ihren Körper. Das rechte Bein lag auf einer Erhöhung und lugte ebenfalls aus der Bettdecke hervor. Ein Gipsverband, der nur die Zehen herausschauen ließ, ummantelte den schlanken Unterschenkel.

Mehrere Kabel lagen scheinbar kreuz und quer über und unter der Zudecke verteilt und waren an einem Monitor angeschlossen. Auf diesem konnte man mehrere Kurven erkennen, die aussahen, als würde ein Kleinkind einen Drachenrücken malen. Neben dem Monitor pumpte eine Maschine einen Bolzen auf und ab um einen Schlauch mit Luft zu füllen, um diese dann in Peggys schmächtigen Körper abzugeben. Das dies von Erfolg gekrönt war, konnte man an ihrem Brustkorb sehen, der sich ständig und immer im gleichen Rhythmus auf und ab bewegte.

An diese Apparaturen wurde Peggy bereits angeschlossen, ehe ihr Vater mit den Unterlagen ins Krankenhaus kam.

Daher hatte der behandelnde Arzt jetzt die Bedenken, ob Peggy überhaupt noch daran angeschlossen sein durfte.
Die Patientenverfügung sagte wohl etwas anderes aus.
Neben Peggy stand eine Krankenschwester. Sie war vom Hals bis zu den Füßen in ein grünes Ganzkörperkondom gekleidet und trug zusätzlich einen blauen Mundschutz, der ihr komplettes Gesicht, bis auf die Augen, verdeckte. Ihr Haar wurde durch ein ebenfalls blaues Haarnetz bedeckt. Liebevoll tupfte sie mit einem feuchten Tuch über Peggys Stirn und schien mit ihr zu sprechen.
Von Peggy kam jedoch keine Reaktion.

05. Mai 2016 Ca. 21:20 Uhr

***

05. Mai 2016

Ca. 21:25 Uhr

Der Arzt, der sich durch das Tragen eines Namensschildchens an seinem Kittel, als Doktor der Neurologie zu erkennen gab und den mehr- oder weniger schönen Namen Dr. F. Fricke trug, kam einige Minuten später in den Warteraum. Dorthin bat er die beiden Sommers vor ein paar Minuten um in aller Ruhe mit dem Professor Kontakt aufzunehmen.

Erwartungsvoll sprang Monika aus ihrem Stuhl, schaute ihn an und als ob er die Frage, die sie ihm jetzt stellen wollte, zu wissen schien, antwortete er ungefragt: „Also, der Professor kann sich gut an Ihre Tochter erinnern. Ich habe gemeinsam mit ihm alles in Bewegung gesetzt, dass Ihre Tochter, sobald es möglich ist, zu ihm nach Bayern in die Klinik verbracht wird. Jedoch müssen wir Ihre Tochter erst einmal transportfähig bekommen. Außerdem habe ich mir die Erlaubnis geben lassen, dass ich Ihre Tochter weiterhin beatmen darf".

„Ähm ... Moment, das ging jetzt aber schnell", sagte Frau Sommer. „Nochmal bitte. Was wollen Sie mit unserer Peggy machen?".

„Entschuldigen Sie, Frau Sommer. Natürlich ist das für Sie alles kaum zu verstehen. Also ich versuche es Ihnen noch einmal etwas langsamer zu erklären".

Er benutze irgendwelche anderen Worte um jedoch genau dasselbe wie eben zu sagen.

Im Großen und Ganzen verstanden die Sommers die Worte des Arztes, konnten sich aber immer noch keinen wirklichen Reim daraus machen.

Vor allem, woher kannte ihre Tochter diesen Professor?

Das mit der Patientenverfügung war ihnen klar. Jeder in der Familie hatte eine solche bei einem Notar hinterlegen lassen. Die Kopien aller Verfügungen und weitere wichtige Papiere, Schmuck und eine kleine Menge an Bargeld, wurden im großen Safe in der Wand im Esszimmer aufbewahrt.

Vor der Tresortür hing ein noch größeres Bild, auf dem ein Familienstammbaum aufgezeichnet war. Wenn es ein echter Baum gewesen wäre, hätte er schwer zu tragen gehabt, bei so vielen Ästen.

Ronny, der ein vorausschauender Mensch war, griff sofort nach den Papieren, als er hörte, dass Peggy ins Krankenhaus geflogen wurde. Er hatte so eine Ahnung, eine Vorahnung, die wahrscheinlich nur ein Vater oder eine Mutter haben konnte.

***

Peggy lag regungslos auf ihrem Krankenbett auf der Intensivstation. Sie hatte ihre Augen und den Mund immer noch geöffnet.

Man hätte sie gern ansprechen wollen. Aber würde sie es überhaupt hören?

Darüber ist man sich nach all den vielen Untersuchungen, die schon durchgeführt wurden, nicht sicher.

Kann ein Mensch der im Wachkoma liegt, etwas von seiner Umwelt mitbekommt?

Gern hätte Peggy die Worte ihrer Eltern gehört, aber die Ärzte ließen sie nicht ins Zimmer. Nur ein Blick durch das kleine Fenster in der Tür blieb als einseitige Kontaktaufnahme übrig. Monika rollten die Tränen an der Wange herunter, als sie ihre Tochter so sah. Ronny hielt seine Frau und kämpfte mit sich, um nicht auch gleich zu weinen. Er war nicht unbedingt ein sehr starker Mann, jedoch wurde er so erzogen, dass eben ein Junge beziehungsweise ein Mann nicht weint. In den meisten Fällen gelang es ihm auch, indem er sich auf etwas anderes konzentrierte. Aber worauf sollte er sich hier, vor der Tür, hinter der seine Peggy im Koma lag, konzentrieren? Außer, dass er Monika stützte und durch das Fenster sah, konnte er nichts tun. Er sah sich um, um etwas zu finden das ihn ablenken könnte, aber da war nichts das seine Aufmerksamkeit hätte gewinnen können. So rollten auch bei ihm schnell die salzigen Tropfen aus seinen Augen.

Eine Krankenschwester, die eine solche Situation schon des Öfteren mitgemacht hatte, brachte eine Schachtel, aus der ein kleines weißes Tuch herausguckte und drückte es Monika in die Hand. Frau Sommer bedankte sich schluchzend und zupfte ein Tuch heraus und gab es ihrem Mann.

Ja, ihr war nicht entgangen, dass auch Ronny weinte. Als sie in ihm einen dankbaren Abnehmer für das Tuch fand, zupfte sie erneut eines heraus und rieb sich damit ihre Tränen ab.

So blieben sie noch eine Weile stehen und irgendwann kam die Schwester noch einmal und sagte ihnen, dass es wohl besser wäre, wenn sie nach Hause fahren würden. Wenn sich irgendetwas ergeben würde, würde sie sich sofort bei den Sommers melden.

***

Die Heimfahrt dauerte eine knappe halbe Stunde und führte Monika und Ronny auch an der Unfallstelle von Peggy vorbei. Ronny wollte kurz stehen bleiben, aber Monika lieber weiterfahren. So fuhr er langsam daran vorbei und konnte trotz der Dunkelheit erkennen, dass die Stelle mit Polizeiflatterband abgesperrt war. Das Auto von Peggy war bereits abtransportiert.

Im Lichtkegel einer nahen Laterne konnte man die Abschälungen am Baum erkennen, die das Fahrzeug hinterlassen hatte. Monika konnte dort nicht hinsehen. Sie sah stur aus der Windschutzscheibe nach vorn. Als Ronny ihr die Situation erklären wollte, blockte sie sofort ab und bat ihren Mann schnell weiter zu fahren und ihr nichts zu sagen. Als liebender Ehemann tat er dies und drückte aufs Gaspedal.

Die Beiden lagen die ganze Nacht wach, schwiegen sich gegenseitig an und warteten auf einen Anruf aus dem Krankenhaus.

Jeder hatte so seine eigenen Gedanken, die sie dem Anderen nicht mitteilen wollten oder konnten.

Eine merkwürdige Situation.

Normalerweise sprachen die Sommers über jedes Problem miteinander. Nur in dieser Nacht konnte keiner der Beiden etwas sagen. Sicher dachten beide darüber nach, dass Peggy sterben könnte. Wie sollten sie das nur in Worte fassen? War das das Hauptproblem von Monika und Ronny? Sie wussten nicht, wie sie es sagen sollten, wenn der Fall der

Fälle eintreffen würde. So suchten beide die ganze Zeit in Gedanken nach Worten, ohne die Richtigen zu finden.

06. Mai 2016

Um 06:14 Uhr brach Monika ihr Schweigen.
„Wird Peggy wieder aufwachen?"
Hat sie, um diese vier Worte auszusprechen, die ganze Nacht schlaflos damit verbracht, nachzudenken? Waren diese vier Worte nicht schon in einer ihrer ersten Gedankengänge vorhanden gewesen?
Ronny drehte sich zu ihr um und verschränkte einen Arm unter seinen Kopf, mit der anderen Hand streichelte er Monika behutsam über ihre Wange.
„Ganz bestimmt, Moni. Peggy ist eine Kämpferin. Sie hat das doch alles schon einmal durchgemacht. Sie wird es auch diesmal schaffen, ganz bestimmt. Mach dir keine Sorgen. Versuch jetzt ein wenig zu schlafen", sagte er und gab seiner Frau einen Kuss auf die Stirn.
Er war froh, dass das Schweigegelübte vorbei war, wollte aber auch keinen Redemarathon beginnen. Zufrieden lächelte er seine Frau an.
„Keine Sorgen machen. Keine Sorgen machen. Sag mal spinnst Du? Wie kannst Du mir so etwas sagen?
Mein einziges Kind liegt auf dem Sterbebett und Du redest von k e i n e S o r g e n machen", rief Monika, deren Stimme mit jeder Silbe lauter wurde und sie sich zunächst aus der Hand ihres Mannes und dann aus dem Bett drehte. Mit schnellen Schritten verließ sie das Schlafzimmer, ohne hinter sich die Tür zu knallen. Sie wollte diese eigentlich so richtig knallen lassen, jedoch verpasste ihre Hand die Türkante und so schlug Monika nur einen Lufthaken und die Tür blieb offen. Herr Sommer atmete schwer durch und folgte seiner Frau.

Er fand sie in der Küche am Fenster stehend. Draußen wurde es schon hell. Die wenigen Wolken am Himmel versprachen, dass es ein guter Tag werden würde.

Zumindest Wettertechnisch.

Er griff ihr, mit beiden Händen, von hinten an die Hüftknochen und schmiegte sich langsam an sie an. Seinen Kopf legte er an ihren und dann sagte er: „Es tut mir leid, Moni. Du weißt doch, wie ich das gemeint habe". Frau Sommer reagierte zunächst überhaupt nicht. Sie stand einfach nur da, blickte aus dem Fenster und beobachtete einen Vogel, der auf einem Baum des Nachbargartens saß. Das Piepsen des Spatzes konnte sie durch das geschlossene Fenster nur sehr leise vernehmen. Erst als ein weiterer, größerer schwarzer Vogel direkt vor ihrem Fenster vorbeiflog, erschrak Monika und drehte sich zu ihrem Mann um.

„Du hast Recht. Ich habe überreagiert. Es liegt wohl am Schlafmangel. Bitte entschuldige. Ich weiß, dass Du es nicht so gemeint hast".

„Entschuldigung angenommen".

„Was machen wir jetzt so früh?", fragte sie.

„Also ich habe Hunger. Wollen für frühstücken?", antwortete Ronny und ließ seine Frau aus der Umarmung frei um sich mit einer Hand seinen Bauch kreisend zu streicheln.

„Ja gut. Ich füll dann mal Wasser auf. Deckst Du schon mal den Tisch?".

Die Küche war sehr geräumig. Eine große L-Küche, eine weitere Zeile und sogar ein Esstisch mit 4 Stühlen, hatten darin Platz. Sie war mit allem Schnick-Schnack ausgestattet. Mikrowelle, hochgebautem Backofen, Geschirrspüler, Dampfgarer und eine im Schrank eingebaute Kaffeemaschine. Man musste nur den Wassertank und den Kaffeebohnenbehälter gefüllt haben, dann brauchte es nur einen Knopfdruck und in die untergestellte Tasse floss der gewünschte, frisch gemahlene und gebrühte Kaffee. Wahlweise mit Milch, Zucker oder Beidem. Monika mochte es nicht, wenn das Wasser längere Zeit im Behälter stand, so machte sie dieses immer frisch in das Gefäß.

Ronny, der nicht auf die Frage seiner Frau antwortete, machte die Schublade des Küchenschranks auf und holte zwei Brettchen und zwei Messer heraus und legte diese auf den Tisch. Dabei blieb er ruhig. Auch Monika brachte kein Wort heraus.

Sie saßen sich bald darauf schweigend gegenüber und kauten auf ihren Broten herum.

***

Monika und Ronny haben sich 1982 beim „Sommerfest der Parteifreunde" kennengelernt.

Die damals 22-Jährige kellnerte dort, um sich für ihr Studium etwas dazu zuverdienen. Sie studierte Jura um später einmal Rechtsanwältin zu werden. Zu einer eigenen Kanzlei hatte es nie gereicht, so arbeitete sie nach dem Studium, bis heute, als Gehilfin in diesem aufregenden Beruf.

Ronny, der nur knapp zwei Jahre älter war, durfte damals die Kellnerkünste seiner heutigen Frau live miterleben. Sie verschüttete ein ganzes Tablett voller Biergläser über ihn. Er sah, im wahrsten Sinne des Wortes aus, wie ein begossener Pudel.

Damals hatte Ronny noch einen dunkelblonden Lockenkopf. Durch das Bier wurden die Locken glatt und so konnte man denken, Ronny hätte längere Haare gehabt.

Ein Bild für die Götter.

Seine Kameraden hatten jedenfalls mächtig Spaß und viel zu lachen. Auf jedem weiteren Fest kam die Bierdusche von Monika immer wieder als Gesprächsthema zu Sprache.

Zum Glück wohnte Ronny damals nicht weit entfernt und so konnte er sich schnell duschen und umziehen. Eine knappe halbe Stunde später saß er wieder bei seinen Kumpels. Die Kellnerin gab eine Runde für Ronny und seine Freunde aus und dabei muss es passiert sein. Genau erinnern können sich die beiden heute nicht mehr, aber es muss wohl ordentlich gefunkt haben. Bereits wenige Wochen danach machte Ronny Monika einen Heiratsantrag. Diesen nahm sie mit sehr viel Emotionen an. Ronny arbeitete zu dieser Zeit schon als Krankenpfleger in einer großen Poliklinik in Magdeburg. In dieser Stadt studierte auch Monika. Beide waren dort geboren und aufgewachsen.

Zum Glück hatte Ronny an diesem 1. Mai frei bekommen, sonst hätte er die hübsche, charmante und lebensfrohe Bedienung nicht kennengelernt.

Nach der schnellen Verlobung folgten zwei schwierige Jahre für die Beiden. Monika wurde schnell schwanger, jedoch verlor sie das Kind, kurz vor Weihnachten, in der 11. Woche. In der Zeit, der Schwangerschaft, bemühte sich das Paar um eine gemeinsame Wohnung. Eine 2- oder 3-Raumwohnung in der DDR zu finden, wenn man nicht verheiratet war, schien fast unmöglich. So lebten sie zusammen in der winzigen 1-Zimmerwohnung von Ronny. Die Fehlgeburt bedrohte zunächst ihre Beziehung, bis sich beide ganz offen aussprachen und sie sich wieder liebten, wie am ersten Tag. Nur, dass man Monika gesagt hatte, dass sie wohl kein Kind mehr bekommen könne, brachte die beiden fast um den Verstand. Zu gern wollten sie zusammen ein Kind großziehen.

Um den Schmerz halbwegs zu überspielen oder um ihn erträglicher zu machen entschied sich das Paar bald zu heiraten. Eine große Feier mit der Familie und Freunden blieb bis heute bei allen Beteiligten unvergessen. Damit dieser Tag auch nicht vom Hochzeitspaar vergessen werden würde, wählten sie den 5.5. aus. An diesem wunderschönen sonnigen Tag, im Jahr 1984, steckten sie sich die Ringe an und zogen diese auch nie wieder ab.

***

06. Mai 2016

Ca. 08:30 Uhr

Ronny las in einem Buch, dass er sich kürzlich besorgt hatte. Es wurde ihm von einem Freund empfohlen. Er war gerade auf Seite 55 des spannenden Thrillers, der den Titel „Angst um Berlin – Ein unwahrscheinlicher Tag" trug, als das Telefon klingelte.

Blitzschnell sprang Ronny vom Stuhl auf und rannte ins Wohnzimmer, wo das Telefon auf einer Basis stand. Noch vor dem Anrufbeantworter, der nach fünfmaligem Klingeln angegangen wäre, hielt Ronny den Hörer in der Hand und drückte die grüne Taste.

Monika kam eben ins Zimmer, als Ronny gerade seinen Nachnamen ausgesprochen hatte.

„Ja, … ja … aha … ja", hörte Monika. Voller Neugier trat sie näher um die Worte der Gegenseite zu hören, aber diese waren zu leise. Ronny sprach noch ein paar Worte, dann stellte er das Telefon wieder auf die Basis.

„Wir können gleich ins Krankenhaus fahren, Peggy ist wach, also sie ist aufgewacht und ansprechbar".

„Das ist ja wundervoll. Los Ronn, anziehen und ab die Post". Das Y von Ronnys Vornamen verschluckte sie schon mal, wenn sie aufgeregt war. Und sie war jetzt wahnsinnig aufgeregt.

Hatten beide doch gar nicht geschlafen und eben noch diesen kleinen Streit, waren sie jetzt putzmunter und voller Tatendrang. Ronny verzichtete auf das Rasieren und war in Windeseile ausgehfertig. Normalerweise kannte man Herr Sommer gar nicht unrasiert. Monika war zum Erstaunen ihres Mannes bereits gewaschen und gestriegelt und wartet bereits, mit dem Schlüssel in der Hand, an der Haustür auf ihn. Er gab ihr einen kurzen Kuss, dann verschwanden sie in der Doppelgarage, wo sein SUV und ihr Kleinwagen geparkt waren. Für diese Strecke benutzten sie den größeren Wagen.

Auf der Fahrt kamen sie wieder an der Unglücksstelle vorbei. Das Polizeiband war entfernt worden und ein Unbekannter hatte ein paar Blumen aufgestellt.

„Wie makaber. Peggy ist doch noch nicht tot. Wer stellt denn da Blumen hin?", gab ein wütender Ronny von sich.

Monika sah auch diesmal nicht hin. Wieder ging ihr Blick starr geradeaus.

***

Die Frühschicht auf der Intensivstation war gerade mit dem Auffrischen der Betten auf den Zimmern fertig, als die Sommers an der Tür klingelten. Die große digitale Wanduhr über der Zweiflügligen Tür zeigte 9:44:33 Uhr an.

Eine etwa 55-jährige Frau, mit auffälligem Grauton in ihren Haaren und einer freundlichen, rauen Stimme, öffnete die Tür der Station. Sie fragte nach dem Namen und dem Anliegen. Als sie hörte, dass es sich um die Sommers handelte, ließ sie die Beiden rein.

Wieder standen sie nun vor dem Zimmer mit der Nummer 2. Die Eltern durften noch nicht hineingehen, konnten jedoch durch das kleine Fenster sehen, dass Peggy sich bewegte.

Die Krankenschwester führte das Paar in einen kleinen Nebenraum, gegenüber von Zimmer 2, und gab ihnen jeweils einen Kittel, Schuhüberzieher und einen Mundschutz.

Im schicken hellblauen Dress durften sie nun endlich in das Zimmer ihrer Tochter.

Peggy drehte ihren Kopf zu ihren Eltern und fing an zu Lächeln.

Wenn man sich dieses Bild, welches Peggy zu sehen bekam, vorstellte, musste man einfach mitlächeln. Wie zwei Mumien sahen sie aus, in ihren übergroßen Kitteln und dem Mundschutz. Dass die Füße auch noch bedeckt waren, konnte Peggy nicht sehen, weil Monika und Ronny bereits direkt vor ihrem Bett standen. Herr Sommer stellte der Krankenschwester ein paar Fragen. Da er gelernter Krankenpfleger war, konnte er sich sehr gewählt ausdrücken, ohne dass es ein Berufsfremder verstehen konnte. So fachsimpelten die Zwei noch etwas, während Monika, den Tränen nahe, sich zu Peggy runter beugte und ihr einen sanften Kuss auf die Stirn gab.

Der Mundschutz kitzelte Peggy. Jedoch nicht an der Stirn, sondern an der Nase. Durch das Lächeln von ihrer Tochter verging auch der Mutter das Weinen.

Die Krankenschwester verließ bald darauf das Zimmer. Mit einem breiten Grinsen im Gesicht sagte sie noch die Worte:

„Aber nur 10 Minuten, ihre Tochter braucht noch viel Ruhe", dann machte sie die Tür von außen zu.

Die Eltern erzählten von ihrer schlaflosen Nacht und Peggy wie sie vor knapp drei Stunden aufgewacht war. Dann waren die 10 Minuten auch schon vorbei, und als ob die Krankenschwester mit einer Stoppuhr vor der Tür gewartet hätte, klopfte sie an und öffnete die Tür.

„So, liebe Familie Sommer, die Zeit ist um. Frau Sommer Junior braucht jetzt Ihre Ruhe. Sie dürfen gern heute Nachmittag noch einmal vorbeischauen. Dann liegt die junge Dame vielleicht schon auf der normalen Station. Sieht im Moment jedenfalls schwer danach aus, stimmt's meine Kleine", sagte die Schwester und zwinkerte Peggy dabei freundlich zu.

Peggy lächelte noch, als ihre Eltern den Raum verließen. Monika gab ihrer Tochter einen Handkuss durch das kleine Fenster, ehe sie mit Ronny im gegenüberliegenden Umkleidezimmer verschwand.

Als die Eltern gerade vom Parkplatz des Krankenhauses wegfuhren, schlugen die Geräte in Peggys Zimmer Alarm.

Wild um sich schlagend und nach Luft japsend, stieg Peggy in den Ring, um mit dem Tod eine Runde um ihr Leben zu kämpfen.

Piep. Piep. Piep. Piiiiiiiiiiiiiieeeeeeeeeeeeeeep.

06. Mai 2016 Ca. 10:20 Uhr

28

***

Noch vor wenigen Minuten lächelte Peggy ihren Eltern hinterher. Alle waren so froh gewesen, dass sie wieder wach war.

Richtig wach.

Konnte Peggy doch alles hören, was während ihrer vermeintlichen Abwesenheit, ihres Komas, in ihrem Zimmer gesprochen wurde!

Die Zeit eben mit den Eltern war viel zu kurz, um ihnen davon zu erzählen und außerdem wollte sie ihren Erzeugern keine Ängste einjagen.

Jetzt lag sie wieder regungslos da. Die drei diensthabenden Schwestern und zwei Ärzte waren sofort in ihr Zimmer gestürmt, als der Alarm losging.

Sie holten Peggy durch eine Herzdruckmassage schnell wieder ins Leben zurück. Dabei verstand Peggy selbst den Aufwand gar nicht. Für sie war klar, dass sie weiterlebt. Schließlich tat sie das doch schon seit mehreren Tagen oder waren es schon Wochen?

Während einer der Ärzte ihre Herztöne wieder in einen normalen Rhythmus brachte, dachte oder träumte Peggy, dass sie Zuhause in ihrem Bett lag, der Wecker klingelte und sie wach wurde. Als sie ihr rechtes Bein zum Aufstehen aus dem Bett strecken wollte, merkte sie, dass es nicht funktionierte. Mit einem riesen Schrecken bemerkte sie, dass sie bewegungsunfähig war. Selbst das Sprechen war ihr nicht möglich. Nicht einmal ihren kleinen Finger konnte sie bewegen.

Das Einzige was sie jetzt noch konnte war … Denken.

Zunächst dachte sie darüber nach, ob alles, was sie gerade sehen und hören konnte nur ein Traum war oder ob sie tatsächlich in einem Krankenhausbett lag und sich nicht bewegen konnte. Sie konnte sich ja nicht kneifen, sonst hätte sie es sicher gern getan. Auch sich auf die Zunge beißen war nicht von Erfolg gekrönt. Jegliche sonst normalen Bewegungen blieben ihr verwehrt.

Die Synapsen in ihrem Gehirn funkten an alle Stationen in ihrem Körper. Nur die Funksprüche wurden nicht empfangen. Die abgehenden Gedanken kamen alle sehr schnell mit einem Stempel versehen zurück.

„Annahme verweigert"

Das begriff Peggy nach ein paar Minuten. Sie war in sich selbst gefangen.

Peggy ertappte sich bei dem Gedanken, wie es wohl einer Fliege ergeht, die in ein Spinnennetz fliegt und dort kleben bleibt. Wenige Augenblicke später würde dann die Spinne erscheinen, ihr einen lähmenden Biss verabreichen und sie dann komplett einwickeln. Wie in diesem Kokon aus Spinnenseide fühlte sich Peggy jetzt gerade.

Am liebsten hätte sie geweint, aber selbst die Tränendrüsen wollten ihre Produktion nicht aufnehmen. In ihrem Kopf ratterte es ständig. Die Gedanken schossen unaufhörlich und mit immer schnellerem Tempo durch ihren Schädel. Was ihrem Gehirn viel Kraft kostete und Peggy irgendwann dazu zwang auch ihre Gedanken einzustellen.

Bevor sie das komplette Bewusstsein verlor, rasten noch einmal, wie bei einem Daumenkino, mehrere Bilder in ihrem Geiste vorbei. Jedes nur für einen Bruchteil einer Sekunde, wenn nicht sogar noch schneller.

Fernsehbild – Menschen auf einer Mauer (1989)
5.Geburtstag – Geschenk in der Hand (1990)
Einschulung – Rosa Tüte im Arm (1991)
Dieter – Erster Kuss (1992)

Einer der Urlaube mit der Familie – Mit Papa auf einer
Banane im Mittelmeer (1995)
Daniela – Erste sexuelle Erfahrung (1999)
Prüfung – Sie mit Führerschein in der Hand (2004)
Ausbildung – Gruppenbild mit Arbeitskollegen (2005)
Letzter Urlaub mit Eltern –
Sie, im Handstand, zwischen ihren Eltern,
vor dem Colosseum in Rom (2010)
Alinas Geburtstag – Augen von Oliver (2015)
Landstraße – Baum (Gestern)
Krankenhaus – Deckenlampe, geht aus (Jetzt)

Dann wurde es schwarz vor ihren Augen. Ein Schwarz wie es
tiefer nicht hätte sein können. Völlig blind lag Peggy auf dem
Bett und merkte nicht wie der Arzt sie ein weiteres Mal wieder
ins Leben holen musste.
Das dies alles in nur wenigen Stunden passierte, war Peggy
nicht bewusst. Sie dachte eben noch, als sie noch dazu im
Stande war, dass sie hier schon mehrere Tage oder Wochen
gelegen hätte.
Die Ärzte würden wahrscheinlich von einer Art
Schocksituation des Körpers reden, der das Zeitgefühl
ausblendete. Eine Schutzfunktion, damit der Körper nicht
überfordert würde. Dies schien bei Peggy nur unzureichend
funktioniert zu haben. Warum hatte sie gerade diese Bilder
als letztes im Kopf?
Sind das solche Bilder, die einem, wie man es so schön sagt,
als letztes durch den Kopf gehen – bevor man stirbt?

06. Mai 2016 **Ca. 10:25 Uhr**

***

Der Vormittag war schon einige Stunden alt, als Monika und Ronny die Tür zu ihrem Haus aufschlossen. Sie traten ein und sahen, dass der Anrufbeantworter blinkte. Ohne sich an der Tür die Schuhe auszuziehen, was sonst im Hause Sommer Pflicht war, lief Ronny zum Telefon und wählte die Funktion „AB" und drückte eine weitere Taste, die das Mobilteil auf laut stellte.

„Sie haben eine neue Nachricht.

Empfangen heute um 9 Uhr und 17 Minuten.

Möchten Sie die Nachricht abhören, dann drücken Sie die ei …".

Ohne abzuwarten, welche Taste er dafür drücken müsste um die Nachricht abzuhören, wählte er die eins. Es war schließlich nicht das erste Mal, dass er diese Funktion wählte.

„Ääähm, ja hallo, hier ist Oliver. Peggy geht nicht an ihr Handy und reagiert nicht auf meine Nachrichten. Kann Sie mich bitte mal zurückrufen. Danke und liebe Grüße. Piep. Nachricht Ende. Möchten Sie die Nachricht noch einmal hören, dann drü …".

Ronny stellte den Hörer zurück auf die Basis, nachdem er den roten Knopf für Auflegen gedrückt hatte.

„Oh mein Gott, Oliver haben wir total vergessen. Er weiß noch gar nicht Bescheid", rief Monika und hielt sich eine Hand vor ihren Mund.

„Soll ich ihn gleich mal zurückrufen, Moni?"

„Ja bitte, tu das".

Herr Sommer nahm nicht nur den Hörer erneut in die Hand, sondern nahm auch einen ganz tiefen Atemzug, während er die Nummer von Oliver aus dem Telefonbuch im Gerät raussuchte. Unter O wie Oliver Janssen fand Ronny die Nummer und wählte diese. Es folgten vier Freizeichen, dann ging Oliver dran. Da er die Nummer natürlich auch in seinem Telefon eingespeichert hatte und er dadurch sehen konnte, dass die Sommers anriefen, dachte er, dass Peggy anrief. Daher meldete er sich, so wird er später mal darüber nachdenken, mit sicher nicht ganz ernst gemeinten Worten: „Hey, Peggy, lebst Du auch noch? Wieso gehst Du nicht an Dein Handy? Ich habe Dir schon zig WhatsApp geschickt. Hast Du mich nicht mehr lieb?".

Ronny stand versteinert da und hatte die anderen Fragen, außer der Ersten schon gar nicht mehr gehört. Er überlegte sich derweil, wie er wohl die Erste beantworten solle. Tausende Ausreden, Entschuldigungen und andere unwahre Sätze gingen ihm in diesen Millisekunden durch den Kopf, aber kein Satz hätte auch nur etwas mit der Wahrheit zu tun gehabt. Er wollte einen riesigen Frosch, der sich in seiner Kehle förmlich festgebissen hatte, herunterschlucken, aber das gelang ihm erst, als er noch mit etwas Spucke und einem kräftigen Räuspern nachhalf. Dann schluckte er erneut und fing Oliver zu erzählen an. Zunächst belangloses Zeugs, wie: „Ach wie geht es Dir denn, Oliver? Was macht die Arbeit? Macht sie noch Spaß? Tolles Wetter heute, nicht wahr? ..."

Alles nur um Zeit zu gewinnen.

Während er sprach suchte er im Kopf immer noch nach den richtigen Worten. Seine Stimme wurde immer weinerlicher. Zum einen, weil er nicht die passenden Worte fand, zum anderen, weil er an Peggy dachte.

Monika konnte sich das Trauerspiel nicht länger ansehen und anhören. Sie nahm Ronny den Hörer ab und verzog sich damit in einem kleinen Zimmer am Ende des Flures. Dieses benutzte sie als Wäsche- und Bügelzimmer. Sie druckste nicht so lange herum, wie Ronny, sondern kam gleich auf den Punkt.

War Oliver bisher nicht viel zu Wort gekommen, kam nun von ihm gar keines mehr. Für etwa eine Minute schwiegen sich Oliver und seine Schwiegermutter in spe an.

Monika erklärte ihm wie der Unfall wohl passiert sei, ohne den genauen Hergang wirklich zu kennen. Außer dass sie mit Peggy telefonierte hatte sie keine weiteren Details zum Unfallhergang.

Eben sprach sie noch mit ihrer Tochter und plötzlich war nur ein scheppern und klirren zu hören. Nach ein, zwei Atemzügen die sie meinte vernommen zu haben, brach die Verbindung einfach ab.

Oliver hörte sich das alles beunruhigt, andächtig und doch unverkrampft an. Zumindest ließ er sich nicht viel anmerken. Oder Monika empfand es nur so, als ob der Freund ihrer Tochter scheinbar total relaxt war.

Entspannt war Oliver auf gar keinen Fall. Sein Herz machte eine Doppelschicht. Die Hände zitterten und seine Stimme war fast nicht vorhanden. Eine unsichtbare Kraft schnürte ihm die Kehle zu. Erst Sekunden später ließ sie ihn wieder frei und er fragte, ob er vorbeikommen dürfe.

Monika gab ein Geräusch von sich, dass einem Lachen oder einem Seufzen ähnelte. Für Oliver war es ein Lachen. Jedenfalls sagte sie ihm freundlich, dass er gern kommen dürfe.

Nach dem Telefonat atmeten die beiden Sommers tief ein und aus. Auch ihr Puls war um ein paar Schläge mehr als es gesund war erhöht. Ronny, der im Türrahmen stand, konnte das Gespräch teilweise mithören, zumindest das, was Monika sagte. Aus dem Rest machte er sich seinen eigenen Reim.

Er lag mit seinen Reimen nicht falsch.

Er nahm seine Frau behutsam in den Arm und drückte sie zärtlich.

Die Pendeluhr im Wohnzimmer schlug zur vollen Stunde. Dies tat sie mit elf Gongschlägen. Diese Klänge trieben die Sommers aus ihrer Umarmung.

Schuhe und Jacken wurden ordentlich an Ort und Stelle gestellt und gehangen und während dies wie automatisiert lief, fragte Monika, ob Ronny auch gleich einen Kaffee mittrinken würde. Da Oliver in Kürze da sein werde, würde sie gern einen aufsetzen. Ronny verneinte. Er würde jetzt keinen Kaffee runter bekommen.

***

Die Drei saßen am Küchentisch, den Monika in der Schnelle liebevoll gedeckt hatte. Als kleines Beiwerk reichte Monika ein wenig Gebäck, dazu stellte sie eine große runde Keksdose aus Blech in die Mitte des Tisches. Ronny überlegte es sich doch anders und ließ sich auch eine Tasse hinstellen.

Oliver kam gegen 11:30 Uhr, so war die ganz große Aufregung bei Ronny vorbei und er vertrug nun doch eine Tasse Schwarzen mit viel Milch. Monika sagte zu seinem Kaffee immer „Kindergartenkaffee", weil fast mehr Milch drin war als von der frisch gebrühten schwarzen Flüssigkeit.

Oliver saugte die Worte der Sommers nur so auf. Er wollte jede Kleinigkeit in Erfahrung bringen. Er selbst sagte kaum etwas. Zwischendurch schüttelte er mal seinen Kopf oder hielt sich vor Schreck die Hand vor den Mund. Ab und an hörte man ihn nur: „Aha" oder „Oh mein Gott", sagen.

Auch Ronny war nicht Derjenige, der viel redete. Monika übernahm vollkommen das Kommando.

Monika erzählte von dem Telefonat mit ihrer Tochter, dem Anruf aus dem Krankenhaus, dass Peggy mit dem Hubschrauber eingeflogen wurde, von der Patientenverfügung, von Doktor Fricke, von Professor Schlingbein, der in Bayern in einer Klinik arbeitet und zu guter Letzt von ihrem Besuch bei Peggy.

Der Freund von Peggy hatte heute frei. Der 31-Jährige arbeitete als freier Journalist bei einer regionalen Zeitung und war für den Sport zuständig.

„Wann können wir zu Peggy", war seine erste Frage nachdem Frau Sommer keine weiteren Worte mehr gefunden hatte.

„Heute Nachmittag, hat der Arzt gesagt. Ich denke so gegen 16 Uhr, oder was meinst Du Ronny?", fragte Monika. Der gab nur ein kurzes Brummen von sich, dass als ein „Ja" zu beurteilen war.

Der Gong der Uhr im Wohnzimmer schlug nun einmal. Soviel hatte Monika doch gar nicht geredet, oder etwa doch? Sie musste es getan haben, sonst hätte die Uhr nicht schon 13 geschlagen. Die Zeit verging einfach wie im Fluge.

***

An einem Tag im April 1989

„Scheiße, so geht es nicht weiter. Ich muss hier weg. Ich kann nicht mehr. Lass uns von hier abhauen. Wir haben in diesem Land keine Zukunft mehr, verstehst Du was ich meine? Ich bin gerade mal knapp über verdammte dreißig Jahre alt und sehe einfach keine Besserung für uns und dieses Land. Unsere Tochter soll es einmal besser haben als wir. Monika? ... Monika? Schläfst Du schon?", fragte Ronny, der neben seiner Frau im Bett lag und seinen Gedanken freien Lauf ließ.

Monika schlief tatsächlich schon tief und fest und bekam keines seiner Worte mit.

„Oh Mann, ist auch besser so. Hätte gar nicht mit ihr darüber reden sollen", dachte er und drehte sich um. Sein Blick richtete sich zum Fenster, an dem die Regentropfen abperlten. Schon lange hatte er über eine Flucht nachgedacht. Dann kam Peggy im November 1985 und er verwarf diesen Gedanken für viele Monate. Bis vor ein paar Tagen, als er erneut in eine Situation gebracht wurde, die ihm den Glauben an diesen Staat nahm. Wieder stieg in ihm der Wunsch nach Freiheit auf. Wie vor vielen Jahren schon einmal. Seine Gedanken schweiften ab…

Schon als Jugendlicher hatte Ronny oft Pläne im Kopf verfasst, wie wohl eine Flucht aussehen könnte. Er sprach damals, vor etwa 15 Jahren, nur mit seinem besten Kumpel Jens darüber. Auch er war Feuer und Flamme von und für Ronnys Pläne.

An einem Tag, im Jahre **1973**, gingen die beiden allerbesten Busenfreunde jedoch, im wahrsten Sinne des Wortes, einen Schritt zu weit.

Eines frühen Morgens, die Sonne war noch nicht aufgegangen, fuhren beide mit ihren klapprigen Fahrrädern Richtung Westen. Es waren etliche Kilometer. Aber sie hielten konditionell erstaunlich gut durch. Ohne größere Pausen einzulegen, fuhren sie die Strecke in einem durch. Dabei ging es über Landstraßen und durch ein vom Mondlicht gut ausgeleuchtetes Waldstück. Noch nie in ihrem Leben waren sie auch nur in die Nähe der Grenze gekommen. Alle, speziell ihre Lehrer und ihre Eltern, hatten immer davor gewarnt, sich dieser zu nähern, ohne eine verständliche Begründung dafür zu haben. Zumindest verstanden Jens und

Ronny es nicht, warum man sich in der Deutschen Demokratischen Republik nicht der Grenze nähern durfte. Von Politik hatten sie keine Ahnung.

Ohne einen konkreten Plan, ohne Verpflegung und ohne sich auch nur im geringsten darüber im Klaren zu sein, was sie erwarten könnte, wenn sie erwischt würden, geschweige denn, dass sie eine Hirnwindung an ihre Bekannten und Verwandten verschwendet hätten, radelten die beiden nur in eine bestimmte Himmelrichtung.

Ihr Ziel: Die deutsch-deutsche Grenze.

In einer kleinen Stadt unweit der Grenze angekommen sondierten die Zwei zunächst die Lage. Auf einem kleinen Hügel stehend betrachteten sie sich den fast greifbaren „Antifaschistischen Schutzwall".

Aber war er das auch?

Der Schutzwall?

Was sahen Jens und Ronny vor sich? Was hatten sie sich vorgestellt, wie er wohl aussehen würde?

In keiner „Aktuellen Kamera", einer Fernseh-Nachrichtensendung der DDR, zeigte man Bilder von der Grenze. Immer wurde nur darüber gesprochen. Wie die Mauer wirklich aussah, sollte oder musste man sich, am besten nur im Kopf, selber ausmalen.

Was die jungen Halbstarken hier vor ihren Augen präsentiert bekamen, entsprach jedoch nicht ihrem abschreckenden Bild von einer Mauer.

Hatten sie nicht eine Wand aus Beton erwartet?

Waren in den Köpfen der Beiden nicht eine sehr streng und engmaschig bewachte hohe Mauer, mit vielen Soldaten oder zumindest vielen Personen in Uniform?

Waren sie wirklich an der richtigen Grenze?

Es war keine Mauer zu sehen. Selbst wenn sie ihre Köpfe drehten um ein Panoramabild entstehen zu lassen, war dieses Ding, über dass sie in der Schule so viel lernen mussten, ohne dass das Wort Mauer fiel, nicht gegenwärtig.

Nur ein dünner, hoher Zaun, der mitten in einem gut geharkten, breiten Feld stand.

Der Westen war bis zum weiten Horizont zu sehen und die Luft roch nach großem Abenteuer. Ein Leben im Schlaraffenland schien so nah. Nur durch diesen scheinbar lächerlichen Zaun getrennt.

Dort drüben, auf der anderen Seite, sollte sich ihr zukünftiges Leben abspielen.

Ein Leben ohne Ängste, ohne Be- und Einschränkungen und bedingungsloser, räumlicher und gedanklicher Freiheit.

Ok, bei näherer Betrachtung sah man doch alle hundert Meter mal einen Wachturm, aber das störte die Jugendlichen nicht.

Waren sie eigentlich wirklich mit der vollen Absicht hierhergekommen, um zu fliehen?

Oder wollten Jens und Ronny nur mal sehen, wie sie wohl aussah – Diese Mauer?

Sie sahen sich an. Stumm. Kein Lächeln. Ihre Augen blickten von Einem in das Andere Auge des Gegenübers. Immer hin und her. Die Abenteuerlust packte die Beiden. Immer wenn sie sich so gegenüberstanden, übermittelten sie sich auf eine bestimmte Art und Weise, beinahe telepathisch, irgendwelche Informationen.

Sehr wahrscheinlich trieb damals das Adrenalin in ihren Körpern dazu, sich durch nichts aufhalten zu lassen. Beide hatten nur noch diesen einen Plan. Hier und jetzt über diesen Zaun zu steigen. Ohne an die Gefahren zu denken.

Kannten sie den Schießbefehl nicht?

An diesem Morgen, zu dieser frühen Stunde, genau mit Übereinstimmung der Gedanken der Beiden, fingen Tropfen an vom Himmel zu fallen.

Es waren nur sanfte Tröpfchen. Ein Meteorologe hätte sehr wahrscheinlich „Nieselregen" dazu gesagt.

Die Jungs ließen ihre Fahrräder zu Boden gleiten und griffen nach ihren Regenjacken, die sie auf dem Gepäckträger hatten und zogen sich diese an.

Die Regenjacken, die sie nun trugen, waren gelb und von Weitem sehr gut zu erkennen.

Was wäre passiert, wenn sie sich die Jacken nicht angezogen hätten?

Hätte das kühle Nass von oben ihnen einen klareren Kopf bekommen lassen und sie hätten diesen Versuch erst gar nicht gestartet?

War diese, nicht bis ins letzte Detail, durchdachte Idee nicht von vornherein zum Scheitern verurteilt?

Jens und Ronny dachten nicht weiter darüber nach. Sie sahen sich beide an, nickten sich zu und rannten los.

Der Zaun war über drei Meter hoch und am oberen Ende mit einem Stacheldraht versehen. Wie sie an diesem vorbeikommen wollten war nicht Bestandteil ihrer Gedanken. Nur rauf.

„Wird schon irgendwie weiter gehen", war ihre Devise.

Die Finger der Jugendlichen krallten sich in den Maschendraht und mit der Kraft ihrer Füße stießen sie ihre Körper nach oben. Das ihre Herzen bis zum Hals pochten merkte keiner der Beiden. Wie besessen klammerten sie an dem Zaun empor.

Plötzlich merkte Jens, dass ihn etwas oder Jemand festhielt.

Er konnte seinen rechten Fuß nicht mehr nach oben ziehen.

Er schaute hinunter und sah in den Lauf einer Kalaschnikow.

Zwei Uniformierte standen, wie aus heiterem Himmel da unten. „Wo kommen die denn her?", dachte Ronny.

Der eine hielt Jens fest, der andere zielte mit seinem automatischen Gewehr auf die jungen Leute.

Keiner der Beiden weiß bis heute, warum man sie an diesem Tage nicht bestrafte. Sie wurden eine Stunde nach der Festnahme, samt Fahrräder, wieder bis kurz vor ihrem Elternhaus gefahren und dort abgesetzt.

Ronny war in Magdeburg geboren worden. Seine Eltern zogen nach seiner Geburt mit ihm in eine kleinere Stadt. Er sollte nicht in einer Großstadt aufwachsen. Diese Kleinstadt befand sich nur wenige Kilometer von der Grenze entfernt.

Kein Verhör?

Keine Strafe?

Kein Gespräch mit den Eltern?

Nichts?

Erst am nächsten Tag wurde Ronny nach der Schule von einem Mann angesprochen. Er zeigte Ronny etwas, das so aussah wie eine Marke, dann sollte er in einen Wartburg 353 einsteigen, der unweit geparkt stand. In dem Fahrzeug saßen zwei weitere Männer. Das Auto fuhr mit schlupfenden Geräuschen los und hielt nach wenigen Minuten vor einem großen Haus an. Von außen sah es aus wie ein gewöhnliches Wohnhaus. Ein normaler Plattenbau. Innen jedoch merkte man schnell das es sich nicht um ein Wohnhaus handelte, sondern um ein Bürogebäude. Die drei Männer, zwei davon packten Ronny jeweils an einem Arm, stiegen in einen Fahrstuhl und fuhren in die 7. Etage des Elf-Stöckers. Dort stiegen die vier aus und gingen einen langen Flur entlang. Die Wände waren in einem zarten grau, die Türen in einem kräftigen grau gestrichen. Ronny zählte in Gedanken die Türen auf der rechten Seite mit. An der Achten blieben sie stehen und der Mann, der Ronny nicht festhielt, holte einen Schlüssel aus seiner Tasche und schloss die Tür auf.

Der Junge wurde auf einen Stuhl an einem Schreibtisch gesetzt. Der Schlüsselmann setzte sich ihm gegenüber. Die anderen Männer blieben hinter Ronny, neben der Tür stehen. Bisher sprachen die nicht uniformierten Männer kaum etwas. Das änderte der Mann am Tisch mit der Frage:

„Du weißt warum Du hier bist?"

Ronny schüttelte mit seinem Kopf.

„Junge, Du hast doch einen Mund, also rede mit mir".

„Ähmm, nein. Ich weiß nicht warum ich hier bin".

„Ok, Ronny Sommer, dann will ich Dir mal auf die Sprünge helfen. Also, unsere Grenzabschnittsbrigade hat Dich und Deinen Freund Jens Klarner gestern dabei erwischt, wie Ihr an einem Zaun hochgeklettert seid. Du erinnerst Dich? Das war keine Frage. Du brauchst nicht zu antworten. Die Antwort kennen wir alle hier im Raum. Ihr wolltet also aus unserer Deutschen Demokratischen Republik fliehen. Das war ein Fluchtversuch mein Freund. Dafür kommt ihr beide ins Gefängnis. Dort wird man Euch ganz schnell solche Gedanken austreiben, unseren Staat verlassen zu wollen. Mit Euch Gesindel gehen die nicht zimperlich um", sagte der Mann zunächst freundlich anfangend, dann immer forscher bis hin zum Eindringlichen.

Ronny sank auf seinem Stuhl immer tiefer. Er senkte seinen Kopf und wurde knallrot an den Wangen.

„Hast Du zu Deiner Verteidigung noch etwas zu sagen, ehe wir Dich ins Gefängnis bringen?", fragte der Mann jetzt hämisch.

Was sollte ein 15-Jähriger darauf antworten? Er wusste genau was er gestern falsch gemacht hatte.

Das hatte er sich die ganze Nacht durch den Kopf gehen lassen. Er konnte kaum schlafen, weil er sich immer wieder die Frage gestellt hatte, warum man ihn und Jens nicht sofort abführte und bestrafte. Zu einer Antwort kam er in der letzten Nacht nicht. Genau wie in dieser Situation.

Er spürte die Blicke der Männer, die hinter ihm standen. Sie stachen, wie kleine dünne Nadeln in seinem Rücken. Am liebsten hätte er sich die Blicke weggekratzt, aber er wagte es nicht sich zu bewegen. Auf dem Stuhl eingesunken, die Hände an die Sitzfläche gekrallt und den Blick auf den Boden unter dem Schreibtisch, saß er da.

Fast, aber nur fast, wollte er anfangen zu Lachen, als er sah, dass der Mann vor ihm zwei verschiedenfarbige Socken anhatte.

Er konnte es sich zum Glück verkneifen.

„Nein", kam kleinlaut aus Ronnys Mund.

Der Mann gegenüber verschränkte seine Arme vor der Brust. Er rückte seinen Stuhl einen halben Meter zurück, schlug ein Bein über das Andere und schwieg. Nur seine Augen erzählten Bände. Ronny sah verschämt in diese blau-grauen Augen und tausende von Gedanken gingen ihm durch den Kopf. Für ganze zwei Minuten und fünfunddreißig Sekunden wurde kein Wort in diesem Raum gesprochen. Ein paar Autogeräusche, wie das Abrollen der Reifen auf der Straße und ein Hupen war zu vernehmen. Nicht zu vergessen das Signal eines Polizeiwagens, das schnell wieder verhallte.

Nur das Ticken der Uhr an der Wand wurde scheinbar immer lauter.

Ronny traute sich nicht hinzusehen. Wie angewurzelt saß er auf dem Stuhl und wartete auf die Dinge die da kommen sollten.

Der Schreibtisch bebte, als der Mann sich aus seiner scheinbar gemütlichen Sitzposition löste und mit seiner rechten Faust auf den Tisch schlug.

Ronny erschrak und zuckte zusammen. Plötzlich war er hellwach. Er riss die Augen weit auf und sah den Mann vor sich an. Alle Geräusche ringsherum waren weg, nur das Brummen, das der Schlag auf den Tisch ausgelöst hatte durchflutete den Raum. Durch seine Schuhsohlen konnte Ronny die Vibrationen des Bodens, der mit Linoleum ausgelegt war, spüren.

Nach einem abklingenden Erdbeben muss es sich genauso anfühlen.

„Mensch Junge, wenn Du nicht bald Deinen Mund aufmachst, kann ich nichts mehr für Dich tun. Du musst reden", rief der Mann.

„Was soll ich denn sagen?", fragte Ronny sehr leise und eingeschüchtert.

„Warum wolltest Du mit Deinem Kumpel Jens aus der Deutschen Demokratischen Republik fliehen?".

„Ich weiß es nicht. Es war alles nur Spaß. Wir hatten keine Lust zur Schule zu gehen und sind einfach so auf unsere Fahrräder gestiegen und losgefahren.

Als wir dann da ankamen, wollten wir uns nur die Gegend anschauen. Dann sind wir an diesen Zaun gekommen. Wir wollten einfach nur aus Spaß mal raufklettern und von da oben rüber gucken", antwortete Ronny dann doch redselig.

„Ach guck an, der Junge kann ja doch sprechen".

Die beiden Männer im Hintergrund fingen herzhaft an zu Lachen.

„Also gut. Pass auf, Ronny Sommer. Wir vergessen die ganze Sache …".

Er machte eine kleine Pause, ehe er weiterredete.

„… allerdings unter einer Bedingung".

Jetzt stand er auf und ging um den Tisch herum und stellte sich ganz nah zu Ronny an den Stuhl. Seine linke Hand legte er Ronny auf dessen rechte Schulter.

Ronny hob seinen Kopf, drehte ihn zu dem Mann und sah ihn fragend an.

„Oh Mann, ich muss Straßen fegen, Müll aufsammeln oder irgend so ein Scheiß machen", dachte der Jugendliche in diesem Augenblick.

„Hör mir jetzt genau zu. Ich sage Dir das jetzt nur einmal. Ich mache Dir einen Vorschlag. Du entscheidest Dich anschließend dafür oder dagegen. Verstanden?".

Der Jugendliche nickte.

Der Mann drückte seine Hand tiefer in Ronnys Schulter.

„Also, Ronny. Wir wollen Dich nicht ins Gefängnis stecken, obwohl Du es verdient hättest. Du kannst etwas für uns tun, damit Du nicht nach Bautzen kommst. Wir brauchen immer so junge Männer wie Dich. Du sollst für uns Informationen sammeln und dafür brauchst Du nicht hinter Gittern. Was hältst Du davon?", fragte der Mann plötzlich überfreundlich.

„Was für Informationen?".

„Nun, wir möchten mehr über Deine Freunde, Mitschüler, Nachbarn, Bekannte, Familie … wissen".

„Was soll ich Ihnen denn da sagen?".

„Alles was Du so weißt und was Du so hörst und siehst. Also alles ganz leicht. Wir treffen uns dann zweimal im Monat hier und Du redest einfach ein wenig. Das ist alles".

„Und dann muss ich nicht ins Gefängnis und auch keine Straßen fegen?"

„Neeeein. Keine Strafe. Wir sehen doch, dass Du eigentlich ein netter Junge bist. Du kannst bei uns auch noch viel lernen, ja sogar eine Lehrstelle bekommen. Also bist Du dabei?"

Der Mann nahm seine Hand von Ronnys Schulter und ging zu seinem Stuhl auf der anderen Seite zurück. Dann blickte er dem Jugendlichen tief in die Augen.

Nach kurzem Zögern antwortete Ronny: „Ähmm … ja".

So erzählte Ronny wie verabredet jeden Monat etwas über seine Umgebung. 1973

***

Ein kurzer, aber heftiger Schauer ließ das Fenster, durch das Ronny immer noch schaute fast wie eine Trommel wirken, wodurch er in die Realität zurückgebracht wurde.

Der Wind hatte sich so gedreht, dass er den starken Regen dermaßen fest gegen das Fenster pustete, dass dessen Einfachverglasung ganz nah dran war zu bersten. Jeder Tropfen, der durch das Glas oder dem Rahmen abgewehrt wurde, machte einen Höllenlärm.

Ronny lag ruhig, jedoch mit einem erhöhten Puls, auf seiner Seite des Bettes und betrachtete das Wetterspektakel, dass sich nach wenigen Minuten wieder beruhigte. „Kann man bei solch einem Wetter besser fliehen", dachte er gerade, als Monika, die von dem lauten Regen geweckt wurde und sich zu ihm umdrehte. Sie schob ihre Hand, von hinten unter seiner Achsel hindurch, um an seine Brust zu fassen.

Sollte er seine eben ausgesprochenen, aber von Monika nicht verstandenen Gedanken, wiederholen?

Er nahm ihre Hand in Seine und streichelte diese zart.

„Nein", dachte er und schloss kurz die Augen.

Seit er Monika vor sechs Jahren kennengelernt, sich in sie verliebt, sie geheiratet, mit ihr eine Tochter bekommen hatte, verstellte er sich ihr gegenüber immer. Er hat ihr nie die Wahrheit über seine Jugend erzählt. Sie wusste auch nichts von dem Fluchtversuch mit Jens.

Jens kam damals ins Gefängnis, weil er sich nicht der Stasi angeschlossen hatte.

Er bekam 8 Jahre Arrest wegen versuchter Staatsflucht und Ungehorsamkeit im Gerichtssaal. Als er sechs Jahre abgesessen hatte, wurde er als 21-Jähriger von der

Bundesrepublik Deutschland freigekauft. Ronny hat nie wieder etwas von ihm gehört oder gesehen.

Er hatte seinen besten Freund verraten.

Mit zunehmender Zeit tat es Ronny auch immer weniger leid. Durch sein „Ja" hatte er sich sehr viele Vorteile verschafft, die sein Leben um einiges leichter laufen ließ, als es bei seinem damaligen Umfeld der Fall war.

Um doch anderen Menschen helfen zu können, statt nur zu schaden, wollte er gern einen Job in einem Pflegeberuf machen. Der Deutsche Demokratische Staat machte es ihm 1976 möglich und so konnte er eine Ausbildung zum Krankenpfleger beginnen. 1978 schloss er die Ausbildung ab. In seiner Lehrzeit merkte er, dass er gut mit Kindern umgehen konnte und so entschied er sich dafür, nach der Ausbildung in der Magdeburger Poliklinik als Pfleger anzufangen. Natürlich blieb er auch dort ein inoffizieller Mitarbeiter (IM) des Ministeriums für Staatssicherheit (MfS) der DDR.

Natürlich wusste Monika auch nichts davon das Ronny sich im Laufe der Zeit zu einem hochrangigen Stasi-Offizier hochgearbeitet hatte. Aber schon gar nicht, was ihr Ehemann wirklich für ein grausamer Mensch sein konnte. Nicht nur, dass er Jens verraten hatte, nein, er verriet so ziemlich von Jedem, mit dem er etwas zu tun hatte, irgendetwas an die Stasi.

Er hatte nicht lange gebraucht, um zu verstehen, was das für ihn an Begünstigungen brachte. Seine Gefühlswelt schaltete er dabei irgendwann vollständig aus und ging dabei, fast, über Leichen.

Nein, zu Tode war niemand gekommen, aber so manch eine Person, die er verraten hatte, landete im Gefängnis und wurde dort oder anderswo schwer misshandelt.

Es sollen auch mal Foltermethoden angewendet worden sein, die man bereits aus dem Mittelalter kannte.

Ronny machte es eine Zeit lang sogar Spaß, diesen Menschen Schmerzen zuzufügen und seine Macht auszuspielen. Über ein halbes Jahr, angefangen im Herbst 1988, war er in dieser „Abteilung für Verhöre", wie er sie nannte, tätig. Danach stieg er zum Offizier auf und bekam sein eigenes Büro. Von hier aus leitete er die zu Verhörenden nur noch ihren Peinigern zu.

Als er vor einigen Tagen jedoch über die Erschießung einer Fluchthelferin entscheiden sollte, ging ihm endlich ein Licht auf und er erkannte, dass dieser Staat nicht mehr der war für den er sich die ganze Zeit aufgeopfert hatte.

Erst jetzt erkannte er sich selbst als ein Opfer dieses Staates und er fing an darüber nachzudenken, was er in diesem System ändern könne oder ob es bald keinen anderen Ausweg mehr geben könne, als die DDR zu verlassen. Seine Gedanken gingen dabei auch an die vielen Menschen, die er durch seine Worte in kleine und große Schwierigkeiten gebracht hatte.

Das Jemand keinen Studienplatz, keinen Ausbildungsplatz, keinen Arbeitsplatz, keinen Kindergartenplatz, keine Wohnung oder sonstige Sachen nicht bekam, dass er dafür verantwortlich war, dass bestimmte Personen im Gefängnis landeten und auch das diese gefoltert wurden, konnte er mit seinem Gewissen bis vor Kurzem noch vereinbaren. Aber das jetzt ein Mensch sterben sollte, weil er Anderen dabei geholfen haben soll zu flüchten, das konnte er nicht für gutheißen. Durch seine Position als Offizier konnte er den Tod der Verdächtigen gerade noch verhindern, so landete diese mit einer lebenslangen Freiheitsstrafe im Gefängnis.

Mit der Unterschrift zu diesem Urteil, das noch von einem Richter abgesegnet werden musste, dachte Ronny, in den nächsten Tagen, über einen Rücktritt von seinem Posten nach.

Der Gedanke klang perfide, aber er wollte wieder in seinen alten Beruf zurück. Weg von all den bösen Befehlen und Machenschaften und hinein in die große heile Welt der kleinen Kinder.

„Werde ich diesen Sprung schaffen? Wird man mich so einfach gehen lassen? Kann ich tatsächlich noch mit Kindern arbeiten, oder bin ich schon zu abgestumpft? Das hat mir doch immer so viel Spaß gemacht. Ja, ich habe diese Ausbildung nur bekommen, weil ich Jens verraten habe, aber scheiß drauf. Diese Zeiten sind vorbei. Ich muss an die Zukunft denken. An Peggy und an Moni.

Was passiert, wenn die mich einfach gar nichts mehr machen lassen? Verdammte Scheiße! Was, wenn …?" Er hielt einen Augenblick inne.

„…dann muss ich mit Peggy und Moni hier raus. Raus aus diesem Land. Ob Moni auch hier weg möchte? Soll ich Sie danach fragen? Heute nicht mehr", dachte Ronny und drehte sich zu Monika um und umarmte sie.

„Na, bist Du durch den starken Regen aufgewacht? Hat ja auch gegen das Fenster gescheppert, als würde er hier hereinkommen wollen. Komm her ich beschütze Dich", sagte Ronny und nahm seine Frau liebevoll in seine Arme.

Die letzte dunkle Regenwolke zog langsam Richtung Nordosten ab. Der Himmel wurde dadurch jedoch nicht heller, da die Nacht bereits nach ihm gegriffen hatte.

Monika und Ronny kuschelten sich in Löffelchenstellung aneinander und schliefen bald darauf genauso ein. Er mochte diese Art mit seiner Frau einzuschlafen. Ihr warmer sanfter Atem blies ihm in den Nacken. Wieder hielt er ihre Hand vor seiner Brust. Ohne dass noch ein Wort gesprochen wurde,

schlossen sich ihre vier Augen und die Sommers
schlummerten bald in ihren Traumwelten.   April 1989

***

06. Mai 2016

kurz nach 13 Uhr

„Magst Du mit uns Mittagessen", fragte Monika ihren wahrscheinlich künftigen Schwiegersohn.

„Ähmmm, seid mir nicht böse, aber ich habe gleich noch einen wichtigen Termin. Treffen wir uns nachher im Krankenhaus? Wann sagtest Du nochmal? Um 16 Uhr?"

„Ja, genau. Kommt ja nicht auf die Minute an. Wir werden sicher schon etwas früher da sein. Schaffst Du das denn, oder dauert Dein Termin länger?"

„Nein, ich schaff' das. Ja gut kann sein, dass ich etwas später komme, aber nicht viel später", antwortete Oliver.

„Bring bitte keine Blumen mit. Die sind dort verboten. Und denk' daran, dass Du auch noch in die Umkleide musst".

Oliver lachte nur und nickte. Wahrscheinlich sah er sich schon selbst, in dem „hübschen Kostüm", vor seiner Freundin stehen.

„Es tut mir sehr leid, aber ich muss dann jetzt auch schon los".

Der junge Mann wurde verabschiedet, als würde er schon ewig zur Familie gehören und auf eine große Weltreise gehen wollen. Er wurde geherzt und gedrückt, sogar Küsse auf die Wange musste er über sich ergehen lassen, wobei er diese sehr gern entgegennahm. Er mochte diese Art. Zuhause, bei seinen Eltern, hatte er eine solche Nähe nie zu spüren bekommen.

***

06. Mai 2016

Ca. 15:50 Uhr

Die Türklinke quietschte ein wenig, als Monika sie herunterdrückte. Langsam trat sie in das Zimmer Nummer 2 ein. Ihr Blick richtete sich sofort zu dem einzigen Bett des Raumes. In diesem lag Peggy mit geschlossenen Augen. Leise kam auch Ronny hinterher und beide stellten sich, einer rechts, der andere links vom Fußteil des Bettes auf.

Eine Krankenschwester hatte den Sommers bereits vorher darauf hingewiesen, dass Peggy es leider nicht geschafft hatte, wieder auf die normale Station zu kommen. Auch berichtete sie von den Wiederbelebungsversuchen, die Peggy in wenigen Minuten, mehrfach erdulden musste. Seit zwei Stunden blieb ihr Kreislauf nun schon wieder stabil. Das allein war auch der Grund, dass Monika und Ronny überhaupt in das Zimmer durften. Wieder vermummt von Kopf bis zu den Zehen, betrachteten die Eltern ihre Tochter.

Frau Sommer flüsterte Peggys Name. Nach der fünften Wiederholung bewegten sich die Augäpfel von Peggy.

„Bitte wach auf, Peggy", flüsterte die Mutter erneut.

Die 30-jährige Tochter öffnete langsam und unter ständigem Zucken der Augenlider ihre Augen. Erst nach einigen Momenten konnte Peggy ihre Augen komplett offenhalten. Peggys Augen suchten und fanden die Gestalt, die ihr eben noch etwas zugeflüstert hatte. Der Raum war abgedunkelt. Der grobmaschige Vorhang war fast vollständig vor das Fenster gezogen, die Deckenleuchten ausgeschaltet. Nur die Apparatur neben dem Bett strahlte eine gewisse Helligkeit aus. Als sich die Augen von Peggy an diese Situation gewöhnt hatten, erkannte sie ihre Mutter. Was durch die Verkleidung nicht so leicht war. Sie schmunzelte kurz. Beinahe ein zögerliches freundliches Grinsen, ehe sie in eine Art Gesichtsstarre verfiel. Man konnte keine Regung mehr in ihrem Gesicht erkennen. Wie bei einer Gesichtslähmung, die sich über das gesamte Gesichtsfeld von Peggy gelegt hatte.

„Kind, kannst Du mich verstehen?", fragte Ronny leise.

Tatsächlich ohne ein Zucken eines Gesichtsmuskels bewegte Peggy ihren Kopf hoch und runter.

„Kannst Du sprechen?", versuchte Monika aus ihr heraus zu bekommen.

Mit starrem Blick öffnete Peggy langsam ihren Mund und sagte zart: „Ja".

Ronny trat nun näher zu seiner Tochter und streichelte ihre Wange. Auch Monika rückte von der anderen Seite auf und ergriff vorsichtig Peggys Hand.

Jetzt löste sich die Verkrampfung in Peggys Gesicht und ein wundervolles Lächeln überstrahlte das schöne Gesicht.

„Kannst Du bitte das Kopfteil höherstellen?", fragte die Tochter in Richtung des Vaters.

Der 58-Jährige nahm die Fernbedienung, die an seiner Seite des Bettes hing und drückte auf den Knopf, der das Kopfteil von Peggys Bett in die Höhe kommen ließ.

„Es klingt blöd, aber welchen Tag haben wir heute?", fragte Peggy.

„Schatz, das ist keine blöde Frage. Wir haben heute Freitag den sechsten Mai", antwortete Ronny.

Durch seinen Beruf kannte er es, dass Patienten nicht mehr wussten, welcher Tag sei.

„Oh, erst der Sechste? Dann liege ich ja erst seit gestern hier, oder?", fragte Peggy. Ronny nickte.

„Es kommt mir vor, als würde ich schon seit Tagen hier liegen".

„Weißt Du denn was gestern passiert ist?", fragte Monika.
„Gestern ...?"
Peggy überlegte eine Weile, ehe sie dann langsam weitersprach.
„Ja ... ich erinnere mich. Ich war ... bei Oliver ... und fuhr ... nach Hause. Die Musik war an und ich ... habe mitgesungen. Mama, haben wir nicht ... telefoniert?"
Scheinbar hatte sie noch eine vollständige Erinnerung an den gestrigen Abend. Doktor Fricke hatte den Sommers im Vorgespräch vor ein paar Minuten keine Hoffnungen darauf gemacht. Er war der Meinung, dass Peggy den Unfallhergang wohl nicht mehr rekonstruieren könne. Sie würde es vielleicht einmal wieder können, aber ob und wann könne Niemand vorhersagen, waren seine Worte.
Monika beantwortet die Frage mit einem kurzen: „Ja".
„Warum hast Du ... einfach ... aufgelegt?"
Monika war den Tränen nah. Sie drückte die Hand von Peggy noch ein wenig fester und konnte kein Wort sagen.
„Kannst Du Dich nicht mehr erinnern, Peggy, was nachdem passiert ist, als Mama aufgelegt hat?", fragte Ronny geschickt.
„Nein ...". Die Stirn und die Augenbrauen von Peggy verzogen sich nur sehr gering. Fast sah die junge Frau aus, als würde sie wütend werden.
„Nein, da war nur ... dieses Licht".
„Licht?", fragte Monika. „Was für ein Licht? Meinst Du die Scheinwerfer eines Autos?"
„Keine Ahnung ... könnte sein", sagte Peggy mit einem nachdenklichen Gesichtsausdruck.
Ronny dachte darüber nach, jetzt besser das Thema zu wechseln, um seiner Tochter mehr Ruhe zu gewährleisten.
Er sah, dass Peggy sich sehr anstrengen musste, um die passenden Worte zu finden.

„Schatz, gleich kommt Oliver. Er hat noch einen Termin und dann wollte er hierherkommen", sagte Monika.

Peggy fing an zu lächeln. Ihr Augen öffneten sich schlagartig und ihre werbewirksam, strahlend weißen Zähne ließen den Raum noch heller erscheinen. Der Gedanke an ihren Freund mobilisierte sie, schien auch ihre Lähmung im Gesicht zum Aufgeben zu zwingen. Sie richtete sich noch weiter auf, als sie eben schon saß und strich sich mit einer Hand durch ihr zerzaustes langes blondes Haar.

Die vielen Braunülen an ihren Armen waren mit rosafarbigen Stöpseln versehen. Nur der an der linken Hand hatte noch einen Zugang. An einem Ständer hing eine kleine Flasche auf der „NaCl" stand, an der sich ein dünner Schlauch befand, der sich zu dem Anschluss an ihrer Hand schlängelte. Des Weiteren war Peggy noch an einen Puls- und Blutdruckmesser angeschlossen.

Die Minuten, die Oliver noch davon entfernt war in das Zimmer Nummer Zwei einzutreten, verbrachten die Sommers mit lustigen Anekdoten ihrer Familiengeschichte.

Ronny hatte es tatsächlich geschafft, Peggy von den schlimmen Gedanken ihres Unfalls wegzubekommen und ihr dieses wunderbare Lachen auf den Mund zu zaubern, welches sich über das gesamte schöne Gesicht der jungen Frau zog.

Oliver hörte im gegenüberliegenden Raum das Gelächter der Familie Sommer. Er freute sich Peggy gleich in seine Arme nehmen zu können und ihr einen langen Kuss zu verpassen. In seinem Kopf sah er bereits Peggy, wie sie ihn gleich anlächeln würde.

Voller Freude und Liebe.

In Olivers Körper wurde es warm. Sein Blutdruck stieg an, als er an die Tür klopfte. „Hoffentlich erkennt Sie mich überhaupt", dachte Oliver, der sich natürlich auch vermummen musste. Nur seine Augen schauten aus dem OP-Anzug, der diese nichtgrüne Farbe hatte.

Er machte sich vergeblich Sorgen, das Peggy ihn nicht erkennen würde. Denn allein an seinen schönen Augen konnte sie ihn sofort erkennen, als er eintrat. Ihr Herz schlug gleich ein paar Takte schneller, so dass das Gerät neben ihr kaum nachkam auch den gleichen Takt als Piepton wiederzugeben. Als Oliver auf Peggy zuging, kam es ihr so vor, als würde er in Zeitlupentempo gehen.

Wie in einem schnulzigen Liebesfilm lief er sehr langsam, seine Arme nach vorn gestreckt und sein Mund zuspitzend, um für einen Kuss bereit zu sein, auf sie zu.

„Peggy? ...Peggy!", fragte und rief die Mutter.

Das Gerät neben dem Bett machte einen Langton. Eine rote Leuchte blinkte auf und draußen im Flur hörte man schon eine gewisse Anzahl an Personen auf die Zimmertür lossprinten. Die Tür sprang auf und drei Personen in weißen Kitteln stürmten auf Peggys Bett zu.

„Verlassen Sie sofort das Zimmer", schrie eine Schwester.

Oliver, der eben noch geglaubt hatte im Paradies zu sein und gleich seine Eva in den Armen zu halten, wurde an einem Arm gepackt und von der resoluten Schwester in Richtung Ausgang geschoben.

Monika und Ronny wurden ebenso unsanft zur Seite gedrängt und gingen ohne auch nur einen kurzen Moment den Blickkontakt zu ihrer Tochter zu verlieren aus den Raum.

In diesem Augenblick erschien auch Doktor Fricke und schloss hinter sich die Tür und zog fast gleichzeitig den Vorhang vor dem kleinen Fenster, der sich von innen an der Tür befand, zu.

Geschockt und wie angewurzelt standen die Drei jetzt vor dem Zimmer und konnten nichts.

Nichts sagen.

Nichts denken.

Sich nicht bewegen.

Dieser Zustand dauerte ein paar Minuten, ehe eine weitere Schwester auf sie zukam und sie bat die Intensivstation zu verlassen.

Normalerweise hätte Monika jetzt einen großen Aufstand gemacht, ähnlich dem heute früh, als Ronny das mit den „keine Sorgen machen" gesagt hatte, aber hier blieb sie erstaunlich ruhig. Die Drei befolgten, nachdem sie sich umgezogen hatten, den Anweisungen der Schwester und verließen die Station. Oliver war so geschockt, dass er es für besser hielt nach Hause zu fahren. Monika überredete ihn jedoch noch das Gespräch mit dem Doktor abzuwarten, worauf er einwilligte.

06. Mai 2016 **Ca. 16:10 Uhr**

***

06. Mai 2016

Ca. 17:00 Uhr

„Wir haben ihre Tochter erneut ins Leben zurückholen können. Aber wir sehen uns nicht viel länger in der Verantwortung, dies auch weiterhin zu tun", sagte Doktor Fricke zu den, in sein Büro gerufenen Sommers.

Oliver musste draußen auf dem kargen Flur warten.

„Aber … aber … was soll das heißen", fragte Monika aufgeregt nach.

„Nun, Frau Sommer, wir haben hier ein Papier vor uns zu liegen, dass aussagt, dass Ihre Tochter eigentlich nicht behandelt werden möchte, wenn es darum geht Ihr Leben zu erhalten".

„Aber ...".

„Lassen Sie mich bitte aussprechen. Natürlich möchten wir auch, und dafür haben wir auch einen Eid abgelegt, das Leben Ihrer Tochter nicht einfach so aufgeben. Zumal die Chancen dafür mehr als gut sind. Warum Ihre Tochter immer wieder in ein kurzes Koma fällt, haben wir noch nicht herausgefunden, aber Sie können versichert sein, dass wir alles tun um es herauszufinden. Jedoch wird das nicht in unserer Klinik geschehen. Wir müssen Sie in die Klinik nach Bayern verlegen. Dort wird sich Doktor Schlingbein um Sie kümmern. Ich habe bereit mit ihm telefoniert und er bereitet sich und sein Team auf Peggy vor. Wir hier können jetzt nur noch dafür sorgen, dass Ihre Tochter den Transport gut überstehen wird. Haben Sie noch Fragen?"

Monika schüttelte ihren Kopf und sagte dann, entgegen ihrer Kopfbewegung: „So viele. Ich habe so viele Fragen. Ich weiß nur gerade nicht wo ich anfangen soll".

Ronny nahm seine Frau behutsam in den Arm, sah den Doktor an und fragte: „Wann wird der Transport stattfinden?"

„Wir überlegen, ob es noch heute Abend oder in der Nacht passieren wird. Das hängt auch ein wenig vom Zustand ab, indem sich Ihre Tochter gerade befindet. Wir haben Sie zunächst erneut in ein künstliches Koma versetzt, um Ihrem Körper absolute Ruhe zu verschaffen. Offenbar verträgt Sie die Auf- und Abs Ihrer Herzfunktion nicht. Daher möchten wir Ihr jegliche Art von Aufregung ersparen".

„Ronny, was hat Peggy da unterschreiben? Was steht in der Patientenverfügung? Was weißt Du davon?", fragte Monika mit einer weinerlichen Stimme.

„Das erkläre ich Dir, wenn wir wieder zu Hause sind, Moni. Jetzt ist nicht der Zeitpunkt diese Verfügung anzuzweifeln. Ich weiß, es ist schwer für Dich, aber in Bayern wird Peggy bestens versorgt, glaube mir. Das stimmt doch Herr Doktor?", sagte Herr Sommer zu seiner Frau und fragte den vor ihnen auf einem bequemen Bürostuhl sitzenden Arzt.

„Ich möchte unsere Klinik nicht schlecht reden, aber mit der in Bayern können wir nicht mithalten. Dazu kommt noch die Koryphäe Doktor Schlingbein, also besser kann man es nicht treffen. Vertrauen Sie mir und Ihrem Mann. In dieser Klinik wird Ihre Tochter wieder völlig gesund werden. Das verspreche ich Ihnen".

„Wenn das alles nur nicht so schrecklich wäre. Gestern habe ich noch vollkommen fröhlich mit ihr telefoniert. Und jetzt ...".

„Fahren Sie zunächst einmal nach Hause und versuchen Sie sich etwas auszuruhen. Ich weiß, es ist nicht leicht. Aber glauben Sie mir, es wird alles gut werden. Wir versorgen Ihre Tochter so gut es geht, bis Sie in Bayern angekommen ist. Dort wird Sie dann von einem Spitzenteam aus mehreren Ärzten wieder fit gemacht".

„Wird Sie in einem Krankenwagen dort hingebracht?", fragte Monika.

„Nein, um Gottes Willen. Das würde zu lange dauern. Wir werden Ihre Tochter mit einem Hubschrauber oder Flugzeug dort hinfliegen lassen", antwortete der Arzt und blickte dabei auf seine goldene Armbanduhr. „Zwei hervorragende Ärzte werden sich in dieser Zeit um Ihre Tochter kümmern", schob er noch hinterher.

„Wird Sie solange im Koma bleiben?", fragte Ronny.

„Das entscheiden wir hier etwa eine Stunde vor dem Abflug. Wahrscheinlich wäre es besser, da Sie doch sehr auf Stress reagiert. Ich muss jetzt leider zu einer wichtigen Konferenz. Fahren Sie unbesorgt nach Hause. Wir rufen Sie etwa eine Stunde vorher an, bevor es los geht. Ich gehe davon aus, dass Sie auch nach Bayern fahren um bei Ihrer Tochter zu sein, oder?"

„Ja, ich will auf jeden Fall bei Peggy sein", Monika sah Ronny fragend an.

„Selbstverständlich, Moni. Wir versuchen noch heute Abend ein Hotel in der Nähe zu bekommen und dann fahren wir da runter", antwortete Ronny.

„Schön, wenn Sie also weiter keine Fragen haben, möchte ich mich zunächst von Ihnen verabschieden", sagte der Arzt, indem er sich von seinem Stuhl in die Höhe begab und den Sommers seine rechte Hand zur Verabschiedung entgegenstreckte.

Oliver war in der Zwischenzeit nach Hause gefahren. Das Gespräch im Büro dauerte ihm zu lange. Er konnte einfach nicht ruhig auf dem Flur auf dem harten Stuhl sitzen und warten. Er sagte einer Schwester Bescheid und verließ die Klinik. 06. Mai 2016 **Ca. 19:25 Uhr**

***

06. Mai 2016

Ca. 21:30 Uhr

Die Nacht kroch über das kleine Dorf Jörl, dass sich zwischen Husum und Flensburg unweit der Bundesstraße 200 befand. Die Dorfstraßen waren Menschenleer und in vielen Häusern waren bereits die Lichter ausgeschaltet, denn viele der wenigen Bürger schliefen bereits. Nur bei den Sommers brannte noch das Licht. Vor dem Haus konnte man den hellen Abdruck des Fensters auf dem gepflegten Vorgarten erkennen, der durch das Licht erzeugt wurde. Ab und an huschte ein dunkler Schatten durch das verträumte Bild und war in Windeseile wieder verschwunden. Monika und Ronny waren dabei ihre Koffer, die sie auf das Bett im Schlafzimmer gelegt hatten, zu packen. Dabei kamen sie immer wieder mal am Fenster entlang und produzierten so das Schattenspiel auf dem Blumenbeet.

„Peggy hat sich schon lange einen Hubschrauberflug gewünscht", sagte Monika irgendwann zwischendurch, nachdem sie die Hälfte des Koffers gefüllt hatte.

„Ja. Zu Ihrem 25. Geburtstag hat es ja leider nicht geklappt. Da war dieses schlimme Unwetter. Und letztes Jahr zu Ihrem Dreißigsten wollte Sie es nicht mehr. Weiß gar nicht mehr warum, weißt Du es noch, Moni?"

„Das kann ich Dir auch nicht mehr sagen. War das nicht wegen ..., nein ich kann mich auch nicht mehr erinnern, komisch". Verlegen blickte Monika ihren Mann an. Beide lachten sich an und dann gingen sie aufeinander zu und umarmten sich.

„So einen Flug hat Sie sich sicher nicht gewünscht. Schon gar nicht, wenn Sie davon nichts mitbekommt, weil Sie im Koma liegt. Sie wird sich später sehr darüber ärgern, nichts gesehen zu haben", bemerkte Ronny.

Auf das Dokument, das Ronny mit ins Krankenhaus gebracht hatte, kamen sie nicht mehr zu sprechen. Monika war zu müde um sich einer Diskussion auszusetzen, daher fing sie diese erst gar nicht an.

Kurz vor Mitternacht ging das Telefon. Die Klinik ließ mitteilen, dass Peggy abflugbereit wäre und der Hubschrauber in wenigen Minuten starten würde.

Die genaue Adresse der Klinik in Bayern hatten sie schon heute Abend erhalten. Ihr nahegelegenes Hotel hatten sie sofort bei Ankunft zu Hause per Telefon gebucht. Nur ein

Flug in Richtung Süden war nicht mehr zu bekommen, so entschieden sie sich, mit dem Auto zu fahren. Eine lange Fahrt stand den Beiden bevor. Zum Glück hatten beide einen Führerschein und konnten sich mit der Fahrerei abwechseln. So konnten beide zwischendurch etwas schlafen.

Es muss an dem hohen Adrenalinhaushalt gelegen haben, dass kaum einer der beiden Sommers etwas von Müdigkeit spürte. Sie hatten die letzte Nacht nicht geschlafen und es war heute so viel geschehen, dass kaum Zeit für ein kurzes Nickerchen war.

„Übermüdet Auto fahren? Ob das gut geht?", dachte Ronny irgendwann mal. Aber es gab nur diese eine Lösung. Kein Flug und kein Zug hätte sie so schnell nach Bayern bringen können, wie der leistungsstarke SUV aus der Garage. Im Internet hatte Ronny versucht einen Flieger oder einen ICE zu buchen, aber um diese Zeit gingen weder Flüge noch hätte eine Bahnverbindung die beiden in kürzester Zeit an ihr Ziel gebracht.

***

07. Mai 2016

ca. 07:10 Uhr

Nach einer sehr anstrengenden Fahrt, die mit abwechselndem fahren und schlafen überstanden wurde und ohne viel Pause zu machen, waren sie sehr erstaunt, wo sie hier gelandet waren. Das Hotel war in Wirklichkeit gar nicht so groß, wie es auf der Internetplattform den Anschein machte.

Waren sie wirklich am richtigen Ort?

An der Hausfassade stand zwar das Wort „HOTEL", jedoch schien es ein gewöhnliches Wohnhaus zu sein. Es war früh am Morgen, als sie auf dem kleinen Parkplatz neben dem Haus zum Stehen kamen. Monika, die das letzte Teilstück gefahren war, stellte den Motor aus und schnallte sich ab. Sie atmete zweimal tief durch und sah ihren Mann an. Der lächelte sie an und fragte: „Ob wir schon ein Frühstück bekommen?"

Monika lachte und sagte: „Du denkst auch immer nur ans Essen".

Ohne ihre Koffer mitzunehmen gingen beide wenig später in das Haus und wurden dort sehr höflich von einer brünetten jungen Frau an der Rezeption empfangen. Sie mussten einen kleinen Zettel ausfüllen und wurden dann von einem Pagen zu ihrem Zimmer begleitet. Es befand sich in der zweiten, der oberen Etage, des Gebäudes. Es war sehr hübsch und geschmackvoll eingerichtet, wie Monika bemerkte. Ronny ging mit dem Pagen zum Auto um die Koffer zu holen. Diese wurden auf einen Rollwagen gepackt und per Fahrstuhl in die zweite Etage gefahren. Auf die Frage, ob es wohl schon ein

Frühstück gäbe, antwortet der Page mit einem freundlichen „Selbstverständlich".

Im großen Frühstücksraum standen mehrere blau-weiß-kariert gedeckte Tische und an einer langen Wand befand sich ein reichhaltiges Buffet. Die große Auswahl reichte von Apfelsaft bis Zitronentee und von Ananaskonfitüre bis Zwiebelkuchen. Alles was das Herz und der Magen begehrte war vorhanden.

Nach dem Morgenmahl machten sich die Sommers auf ihrem Zimmer etwas frisch und fuhren anschließend ins nahegelegene Krankenhaus.

***

07. Mai 2016

Ca. 09:15 Uhr

„Peggy Sommer? Ah ja hier. Sie ist heute Nacht eingeflogen worden, richtig?"

Ohne auf eine Antwort zu warten sprach die etwas 45-Jährige Frau an der Information weiter.

„Nehmen Sie bitte im Wartebereich dort drüben Platz. Trinken Sie sich noch einen kostenlosen Kaffee aus unserem Automaten. Ich melde Doktor Schlingbein, dass Sie da sind. Er wird Sie dann dort abholen".

„Ähm ... Ok. Vielen Dank", sagte Ronny. Er war sehr erstaunt über die Freundlichkeit und konnte nicht viel mehr sagen.

Der Wartebereich hatte seinen Namen nicht verdient.

„Wartebereich? Warteraum? Wartezimmer?"

Das alles waren keine Namen für das, was den Augen von Monika und Ronny hier geboten wurde.

„Eine Wohlfühloase?"

„Ja!" Das war das richtige Wort dafür.

Ronny suchte in seinem Gehirn den gesamten Wortschatz durch, um auf die Schnelle auf ein Wort zu kommen, welches sich für diesen Raum lohnte ausgesprochen zu werden.

Ein „Wow" kam auch über Monikas Lippen, als beide die Schwelle übertraten und in diesen Raum gingen.

Die beiden waren noch nicht so oft verreist. Und wenn, dann nur in Urlaubsorte, die sich ein Normalsterblicher hat leisten können. Was sie jedoch hier zu sehen bekamen, hatten sich beide vorgestellt, würde es nur in Luxushotels auf Karibischen Inseln oder vielleicht auch in Dubai geben. Keine einfachen Stühle oder Sitzgelegenheiten aus Stahl oder Aluminium, sondern sehr bequeme Sessel und Sofas mit sehr hübschen bunten Bezügen, auf denen kleine Kissen in passenden Farben verteilt waren. In jeder Ecke stand eine große Pflanze. Neben dem Kaffeeautomat sogar eine Palme, deren lange Blätter den Automaten leicht verdeckte.

An den Wänden waren wunderbare Bilder gemalt, die so echt aussahen, dass man glauben konnte, man wäre auf den Seychellen am Strand. Man konnte förmlich das Rauschen des Meeres hören und das klare türkisfarbene Wasser, das sich sanft auf den weißen Sandstrand zu bewegte, riechen.

Eine dunkelhäutige, mit langen schwarzen Haaren und einem bunten Bikini bekleidete junge Frau, die ein Baströckchen trug und ein Tablett in der Hand hielt, auf dem Cocktailgläser standen, schien auf die Beiden zu zu gehen und ihnen ein Glas anbieten zu wollen.

So lebensecht gemalte Bilder haben die Sommers noch nie gesehen.

Sie setzten sich auf das gut gepolsterte Sofa und genossen diesen An- und Ausblick.

Monika fing an zu träumen.

Da sich der Professor Zeit ließ, konnte sie das auch ausschweifend tun.

Sie sah sich, wie sie zusammen mit Peggy und Ronny auf einem kleinen einfachen Boot zu der Insel gegenüber paddelten. Es wurde viel gescherzt und gelacht. Das Wasser war absolut still, klar und man konnte weit bis auf den gar nicht so tiefen Meeresgrund sehen. Die Sonne schimmerte auf dem Meer und brannte auf die von Sonnenmilch glänzende Haut der Drei. Unter der Wasseroberfläche konnte man die vielen bunten Fische und andere Meeresbewohner sehen. Papa Ronny hatte die Ruder fest im Griff und war schon ordentlich am Schwitzen, als jemand rief:

„Guten Morgen, Sie müssen Herr und Frau Sommers sein. Ich begrüße Sie recht herzlich in unserem Hause. Mein Name ist Doktor Schlingbein. Darf ich Sie bitten mich in mein Büro zu begleiten?"

Dabei streckte er den beiden seine rechte Hand zu Begrüßung entgegen. Monika bemerkte, dass dieser Doktor einen sehr kräftigen Händedruck hatte, was sie davon abbrachte die Blicke der beiden Männer zu sehen.

Sie schienen beide zu überlegen, ob sie sich nicht schon einmal gesehen hatten.

„Einen sehr schönen Wartebereich haben Sie hier", sagte Monika und entschuldigte sich sofort im Anschluss dafür nicht gleich auf seine einleitenden Worte eingegangen zu sein.

„Ja, das macht doch nichts Frau Sommer. Dieser Raum hier ist auch einfach schön. Selbst ich komme ab und an mal hier her und träume mich etwas aus dieser Welt, haha", lachte der Professor.

***

Das Büro war, entgegen dem Wartebereich sehr schlicht und fast schon zu dunkel eingerichtet. Die Schränke und Regale waren aus einem hellen Kirschholz, das im Laufe der Zeit extrem nachgedunkelt war. Die Stühle waren gewöhnliche Bürostühle, jedoch waren sie mit gepolsterten Armlehnen ausgestattet. Der Schreibtisch war mit vielen Akten und losen Papierblättern übersät. Ein Telefon und eine merkwürdige Skulptur, die sich durch anstupsen ineinander bewegte, verzierten den trotzdem noch aufgeräumt wirkenden Tisch. „Ja also ... Ihre Tochter, die Peggy ...". Er machte eine kleine Pause und sprach dann weiter. „... ist kein leichter Fall. Ich habe Sie noch heute Nacht gründlichst untersucht und alle Unterlagen durchforstet, aber ich konnte kein Anzeichen dafür finden, warum Sie ständig in diesen komaähnlichen Zustand fällt".

Der Arzt sprach sehr sachlich und verständlich und doch auch wieder nicht. Allem Anschein nach wusste er etwas, was er zu verbergen im Begriff war. Er saß in seinem Stuhl und wippte mit dem Oberkörper hin und her, wobei ihn die Rückenlehne mit ihrer dafür vorgesehen Funktion unterstützte. Seine Hände lagen entspannt auf den Armlehnen. Seine Beine hatte er übereinandergeschlagen. Er kam den Sommers sehr tiefenentspannt vor, was man von den Norddeutschen nicht sagen konnte. Doktor Schlingbein trug keinen weißen Kittel, wie man es aus Filmen oder Serien im Fernsehen kannte. Ein schlichtes weißes Oberhemd, ohne Krawatte, dafür die beiden oberen Knöpfe offen und eine weiße Hose, die durch bunte Hosenträger gehalten wurde. Sein Gesicht war durch einen gepflegten, bräunlichen Oberlippenbart, der nicht zu seiner dunkelblonden Haarfarbe passte, verziert.

Dafür passte die strubbelige Frisur zu den allgemeinen Vorstellungen eines Professors.

„Wie geht es denn jetzt weiter mit Peggy?", fragte Monika besorgt.

„Ja, wie gesagt, ist das etwas schwierig zu beantworten. Wir müssen erst einmal herausfinden warum sich Ihr Körper ständig in dieses Koma stürzt. Das ist schon sehr ungewöhnlich".

Der Professor stützte sich mit den Händen auf dem Tisch ab und erhob sich vom Stuhl. Er ging vier Schritte, um dann am Fenster stehen zu bleiben.

Sein Blick ging in Richtung des kleinen Waldes, der sich direkt an das Klinikgelände anschloss. Dort verweilte er einen Moment in völliger Starre. Er sah verträumt aus. Beinahe nicht anwesend. Überlegte er, oder war er einfach nur ratlos?

„Herr Doktor Schlingfu ... Entschuldigung, Herr Doktor Schlingbein, wir wollen unsere Tochter wieder gesund mit nach Schleswig-Holstein nehmen. Was können Sie hier in dieser Klinik für Sie tun, was man nicht auch in Husum oder Flensburg hätte machen können", fragte Monika energisch nach.

„Nun, Frau Sommer, das ist ganz einfach zu beantworten. In unserer Klinik gibt es diese spezielle ...".

Ein Piepen durchdrang den Raum. Das kleine Gerät, welches sich am linken Hosenträger des Professors befand, fing laut an dieses Signal von sich zu geben.

„Entschuldigen Sie mich bitte einen Moment", sagte der Studierte und verließ das Büro. Vom Büroinnern hörte man draußen, dass dort ein Telefonat stattfand, man konnte jedoch kein Wort verstehen.

Dann wurde es ruhig auf dem Flur.

Monika und Ronny sahen sich an. Sie ahnten nicht, was gleich auf sie hereinbrechen würde.

***

07. Mai 2016

Ca. 10:10 Uhr

Die 30-Jährige Frau, die auf dem Bett lag und an mehreren Geräten angeschlossen war, atmete nicht mehr. Weder die teuren und komplizierten Apparate, noch das hochbezahlte und studierte Personal konnte daran etwas ändern. Das Herz und die Lunge der jungen Frau wollten sich nicht wieder in Bewegung setzen lassen.

Über mehrere Minuten hinweg wurde versucht sie ins Leben zurück zu holen, doch jede Minute die vorbei ging, war eine schlechte Minute für Peggy.

Ihr Körper verlor langsam an Farbe.

Das schöne Gesicht wurde blass und blasser.

Von Sekunde zu Sekunde verschwand die Kraft ihres Körpers, sie wieder zum Atmen zu bringen.

Die Ärzte drumherum taten alles erdenklich Mögliche um die hübsche Frau wieder zu beleben.

Ohne Erfolg.

„Weg vom Bett. Drei, zwei, ein", rief ein Arzt und verpasste dem schlaffen Körper eine Ladung Strom. Dieser blieb fast regungslos liegen, nur ein kleines Aufbäumen war zu sehen. Zwei Sekunden später lag er wieder ruhig da.

„Nochmal, weg vom Bett, drei, zwei ...".

Diese und weitere Aktionen blieben resultatlos.

Durch Druckmassagen, Beatmung, Medikamentengabe, sowie durch das Reizen mit dem Defibrillator waren alle Möglichkeiten ausgeschöpft, die die Ärzte hatten, Peggy wieder zum Leben zu erwecken. Keine der vollbrachten Leistungen war erfolgreich.

Eine junge Frau, gerade mal dreißig Jahre alt, starb hier auf dem Bett.

In einer Spezialklinik, die aufgrund von sehr qualifiziertem Fachpersonal einen sehr hohen Stellenwert in Deutschland hatte. Sie war für viele Komapatienten die alleinige Hoffnung auf Leben.

Hier und heute hatte es für Peggy nicht für ein Weiterleben gereicht.

Warum nicht?

„Todeszeitpunkt siebter Mai 2016, 10 Uhr und 11 Minuten. Todesursache Herzversagen", klang es durch den Raum.

Danach war es still.

***

07. Mai 2016

Ca. 10:25 Uhr

„Ronny, ähmmm Herr Sommer, es tut mir leid. Wir haben alles versucht, aber wir haben es leider nicht geschafft, Ihre Tochter zurück zu holen. Frau Sommer mein aufrichtiges Beileid". Mit diesen Worten kam der Mann mit dem Professorentitel wieder in sein Büro, wo Monika und Ronny schon seit geraumer Zeit saßen und warteten.

„Was? Das kann doch nicht wahr sein", schluchzte Monika. Ronny nahm sie behutsam in seine Arme und sah den Doktor an und schüttelte seinen Kopf. Monika krallte sich an Ronnys Brust und fing lauthals an zu weinen.

„Was ist passiert?", fragte Ronny.

„Ihre Tochter hatte wieder einen Herzstillstand. Diesmal konnten wir es leider nicht wieder zum Schlagen bringen. Sie hatte in dieser Nacht bereits mehrere Ausfälle gehabt. Aber ...", er sprach nicht weiter, weil er merkte, dass Frau Sommer weitere Worte nicht mehr ertragen würde.

Nach gefühlten fünf Minuten richtete sich Monika wieder auf und machte einen gefassten Eindruck. Sie holte aus ihrer Handtasche ein Paket Taschentücher, nahm sich eines heraus und schnäuzte sich. Ohne darüber nachzudenken trocknete sie sich auch gleich anschließend mit dem gleichen Tuch die Tränen aus ihrem Gesicht. Dann fragte sie den Mann in weiß, ob sie Peggy sehen dürfe.

„Nun, Frau Sommer, das sollte kein Problem sein. Lassen sich mich jedoch vorher mit der Abteilung telefonieren, ja? Ich werde ...". Während er redete hob er den Hörer vom Telefon und wählte eine vierstellige Nummer. Schnell kam er mit der Gegenseite ins Gespräch, sodass er seinen Satz, den er gerade mit Monika anfing, nicht beendete.

***

07. Mai 2016

Ca. 10:55 Uhr

Peggy wurde bereits in die Pathologie gebracht. Mit Tränen in den Augen stand Monika vor der Bahre, auf der ihre tote Tochter lag. Ronny hielt sie in seinen Armen. Er weinte nicht.

Lange sagte keiner der Beiden ein Wort.

Der Pathologe, hielt sich im Hintergrund und ließ die Eltern in Ruhe trauern.

„Warum nur, warum?", dachte Monika die ganze Zeit.

Eine Antwort darauf sollte die baldige Obduktion bringen.

Professor Schlingbein, der die Sommers in diese Abteilung gebracht hatte, erklärte auf dem Weg dorthin, was bei dieser Leichenöffnung alles untersucht werden würde und bat sie um ihr Einverständnis diese durchzuführen. Vor der Pathologie übergab er die beiden dann dem Pathologen und ging zurück in sein Büro.

Monika sprach sich zunächst gegen eine Obduktion aus, weil sie den Gedanken nicht ertragen konnte, dass der Körper ihrer Tochter geöffnet und in ihm herumgefuhrwerkt würde. Ein Bild von einem am Haken hängenden Tier, welches geschlachtet und ausgenommen wurde, bildete sich vor Monikas innerem Auge.

Ein schreckliches Bild und ein noch schlimmerer Gedanke, der für Frau Sommer nicht erträglich war.

Ronny sah die Sache anders.

Weil er Krankenpfleger war und schon des Öfteren mitbekommen hatte, dass Angehörige von Verstorbenen ihre Einwilligung dazu gegeben hatten, weil sie den Sinn darin verstanden, mit dieser Untersuchung die wirkliche Todesursache heraus finden zu können?

Oder ahnte Ronny woran seine noch recht junge Tochter gestorben war?

Er wusste doch irgendetwas.

Monika spürte plötzlich etwas in sich, dass ihr sagte, dass ihr Mann etwas wusste. Sie sah ihn lange an.

Er trauerte nicht so wie sie. Keine Tränen waren auf seinem Gesicht. Ihre Gedanken waren nun nicht mehr nur bei ihrer Tochter. Nein jetzt konzentrierte sie sich auf ihren Mann. Im Geiste ging sie die letzten Tage und Stunden noch einmal durch. Wie in einem Kurzfilm rasten die Bilder in ihrem Kopf umher. Durch die Kürze der Zeit, waren die Bilder auch nicht in eine chronologische Reihenfolge zu bekommen. Mal waren es nur Standbilder, mal waren es kleine Filmsequenzen, die sich wie wild ineinander verwickelten und kaum einen vernünftigen Gedanken fassen ließen, der Aufschluss über die Ereignisse geben konnte. Nachdem ihr „Geistfilm" beendet war, spulte sie diesen an eine ganz besondere Stelle noch einmal zurück.

„Da war doch etwas?", dachte Monika.

„Nein, das kann doch nicht sein, Moni, jetzt spinnst Du Dir selber etwas vor. Warum sollte Ronny ...? Das geht doch gar nicht, hör auf darüber nachzudenken und konzentriere Dich auf das Wesentliche. Da liegt Peggy, deine tote Tochter. Verabschiede Dich gebührend von Ihr und denk nicht weiter darüber nach", sagte das kleine Engelchen, dass auf Monikas rechter Schulter saß und ihr ins Ohr flüsterte.

„Überlege Dir gut, ob Dein Mann nicht doch etwas weiß. Sieh ihn Dir an. Sieht so ein Vater aus, der um seine tote Tochter trauert?", flüsterte das Teufelchen auf der anderen Seite.

Monika hatte nicht oft solche Situationen in ihrem Leben gehabt, aber wenn diese beiden Figuren sich auf ihre Schultern gesetzt hatten um mit ihr zu diskutieren, kam meist nichts Gutes dabei heraus.

Beim letzten Mal, es war vor über sieben Jahre, beschuldigte sie in ihrem Beruf sogar einen Unschuldigen, der daraufhin verurteilt wurde, weil sie auf das Teufelchen gehört hatte. Sie schwor sich danach, sich nie wieder auf eine „Gesprächsrunde" mit den Beiden einzulassen.

Die Zwei hatten es derweil schon mehrfach versucht, genau wie am heutigen Tag, aber nie war Monika auf die Beiden eingegangen.

„Moni? Geht es Dir nicht gut? Sollen wir gehen?", fragte Ronny.

Diese Fragen waren für Monika fast gleichzustellen mit der gestrigen Aussage von ihrem Mann sich „keine Sorgen machen" zu müssen. Doch in diesem Moment konnte sie sich beherrschen und ließ sich ihre innere Wut nicht anmerken.

„Nein, ähhmm, ja. Lass uns gehen. Dankeschön", sagte sie leise zu Ronny und drehte sich zu dem Pathologen um, um ihm das letzte Wort ihres Satzes entgegen zu bringen. Dieser nickte nur stumm und hielt den beiden die Tür auf.

07. Mai 2016 **Ca. 11:15 Uhr**

***

07. Mai 2016

Ca. 11:17 Uhr

Eine Krankenschwester brachte die Sommers erneut in Professor Schlingbeins Büro. Sein Empfang war erneut sehr freundlich und zuvorkommend. Diese und viele weiteren kleine Dinge, aber natürlich das medizinische Fachwissen und Fachpersonal haben diese Klinik zu ihrem sehr guten Ruf verholfen.

„Ich möchte Ihnen erneut mein tiefstes Beileid aussprechen. Es tut mir sehr leid, dass wir nicht mehr für Ihre Tochter tun konnten. Bitte setzen Sie sich", sagte der Professor mit vorsichtiger Stimme und bat den beiden einen Sitzplatz und ein Getränk ihrer Wahl an.

„Vielen Dank, Herr Professor Schlingbein, wir wissen es sehr zu schätzen", antwortete Ronny, nachdem er seiner Frau den Stuhl untergeschoben hatte. Dann setzte er sich ebenfalls. Der Professor drückte eine Taste am Telefon und bestellte drei Tassen Kaffee.

„Ich bitte Sie nochmals, es sich zu überlegen, ob Sie der Obduktion nicht doch zustimmen möchten, Frau Sommer. Wie ich es Ihnen bereits erklärt habe, können wir mit hoher Wahrscheinlichkeit herausfinden, warum Peggy so früh ...".

„Was soll das denn noch? Peggy ist tot. Niemand wird sie uns wiederbringen. Was habe ich davon, wenn ich weiß woran Sie gestorben ist?", giftete Monika in den Satz des Arztes hinein.

„Aber wissen Sie was, Herr Professor Schlingbein, ich habe meine Meinung geändert. Ich habe mich dazu durchgerungen Ihnen diesen Eingriff zu gewähren. Ich hoffe er wird mir einige schlimme Gedanken abnehmen. Es bereitet mir sehr viel Kummer nicht zu wissen, warum Peggy so plötzlich nicht mehr geantwortet hat, als wir telefonierten. Finden Sie bitte heraus warum meine ... unsere Tochter so früh von uns gehen musste".

„Frau Sommer, Herr Sommer, ich verspreche Ihnen wir werden es herausfinden, warum und woran Ihre Tochter gestorben ist".

„Tz. Ja, das mit dem Versprechen ist so eine Sache. Herr Doktor Fricke in Husum hat uns auch versprochen, dass Peggy hier wieder gesund gemacht wird", gab Monika zu verstehen, was sie von dem Satz hielt, den sie gerade vom Professor gehört hatte.

Der Gesprächspartner auf der anderen Seite des Tisches schaute verlegen aus dem Fenster, bevor er es wagte in Monikas Gesicht zu sehen. Eine merkwürdige Situation für beide, die dann durch das Klopfen an der Tür entschärft wurde. Eine Frau kam mit einem Tablett herein und stellte es auf den Schreibtisch.

„Danke Frau Neubarth. Ich mache das schon", sagte der Professor und entließ seine Sekretärin wieder. Er füllte die Tassen mit dem Heißgetränk mittels der Warmhaltekanne und ließ den Sommers die Wahl, ob sie dieses mit Milch oder Zucker zu sich nehmen wollten.

Auf einem kleinen Teller, der mit auf dem Tablett stand, befanden sich ein paar Kekse und eine kleine Auswahl an Schokopralinen.

„Es freut mich, dass Sie sich so entschieden haben. Glauben Sie mir, wir finden heraus warum Ihre Tochter starb. Wenn es Ihnen nichts ausmacht veranlasse ich sofort die nötigen Maßnahmen?", fragte der Doktor und hielt wenige Sekunden später bereits den Telefonhörer in der Hand. Monika und Ronny nickten nur um das Gespräch nicht zu stören. Der Mann mit den bunten Hosenträgern wählte eine Kurzwahlnummer und sprach mit einer Frau, die laut und deutlich aufgrund ihrer durchdringenden Stimme zu verstehen war. Als ob die Sommers es nicht schon mitgehört hätten, wiederholte der Professor den Inhalt des Telefonats und sagte, dass es wohl noch einige Stunden dauern könne, bis Peggy obduziert werden könne.

„Wir fahren dann erst einmal ins Hotel zurück und versuchen etwas herunter zu kommen. Monika Du siehst sehr müde aus. Ich bin es auch. Darf ich Ihnen die Telefonnummer des Hotels geben, dann rufen Sie uns bitte sofort an, wenn Sie mehr wissen, ok?", gab Ronny bekannt und fragte den Professor.

„Das halte ich für eine sehr gute Idee. Versuchen Sie sich etwas zu beruhigen. Selbstverständlich rufen wir Sie sofort an, wenn wir ein Ergebnis haben". Der Professor sah auf seine Uhr, die auf dem Schreibtisch stand und sagte abschließend: „Rechnen Sie aber bitte nicht vor ... ich sage mal siebzehn, achtzehn Uhr damit. Frühestens um dreizehn Uhr kommt Peggy dran, das dauert dann auch eine Weile, also haben Sie bitte Geduld und ruhen Sie sich so gut es geht aus". Die Stimme des Professors war immer noch freundlich und doch hatten die Sommers den Eindruck, dass der Weißkittel, den er nicht trug, sie jetzt schnell los werden wollte. Was er dann auch recht schnell schaffte. Nach ein paar Minuten befanden sich die Norddeutschen in ihrem Fahrzeug und fuhren zu ihrem Hotel.

07. Mai 2016 Ca. 11:50 Uhr

***

Nach einer Familienfeier an einem Wochenende:

„Alles nicht so einfach, aber was soll's. Ich werd' mal sehen, ob es etwas über mich herauszufinden gibt. Bin doch auch ein Ostkind. Wer weiß, vielleicht haben die ja was über mich", dachte Oliver.

Er druckte sich den Antrag für die Einsicht seiner Stasi-Akte bei der Bundesbehörde aus, füllte ihn aus und unterschrieb ihn.

„Morgen noch zum Bürgeramt und bestätigen lassen, dass ich es bin und noch lebe, haha, und dann ab damit. Bin gespannt, wann und ob ich etwas von denen höre", flüsterte er vor sich hin.

16. Juni 2015

ca. 11:00 Uhr

Mit Angaben zu früheren Wohnorten und Daten, die eventuell in Frage kämen, wann er vermutete ausgespäht worden zu sein schien und Begründungen, warum er diesen Antrag stellte, steckte er den Brief ausreichend frankiert in den Briefkasten neben dem Bürgeramt. „So das wäre geschafft", dachte Oliver und rieb seine Hände aneinander, als hätte er einen schweren Auftrag erledigt.

Durch seine Recherche am gestrigen Abend kam ihm die Idee mal nachzuforschen, was wohl über ihn in einer Stasi-Akte stehen könnte.

Da jeder Bürger das Recht darauf hat, Einsicht zu nehmen, stellte er heute diesen Antrag. Er wusste, dass es, als er noch recht jung war, irgendetwas über ihn zu berichten gegeben hatte. Seine Eltern hatten Vorgestern, einem Samstag, bei einer Familienfeier so etwas durchschimmern lassen. Als sie merkten, dass sie vom Alkohol zu viel hatten und daher zu viel erzählten, beendeten sie schnell die „alten Zeiten" und wechselten spürbar beschämt das Thema. Oliver fragte zwar am Sonntag nochmals nach, bekam aber keine zufriedenstellende Antwort.

„Die Zeiten sind vorbei. Es ist viel Gras drüber gewachsen, Oliver. Wir sind froh, dass es so gekommen ist, wie es gekommen ist. Mit dem Ende der DDR waren wir frei und haben hier unsere Ruhe gefunden", antworte seine Mutter, die zusammen mit ihrem Mann noch immer in Stendal lebte und dort auch nie wegwollten.

Von einem Unfall auf dem Spielplatz sprach der Vater, ehe er von seiner Frau angestupst wurde, um nicht weiter darüber zu reden. Soviel wusste Oliver aber auch schon vorher, denn eine lange Narbe zog sich über seinen Kopf, die jedoch von seinen Haaren gut verdeckt war. Angeblich sei er als kleiner Junge von einer Schaukel abgesprungen oder gefallen und dabei mit dem Kopf auf die Steinumrandung des Sandkastens, in dem die Schaukel stand, gefallen. Selbst daran erinnern konnte er sich nicht mehr. Da seine Eltern aber so ein Geheimnis daraus machten, dachte der jetzt 31-Jährige darüber nach, mal etwas in Erfahrung zu bringen. Warum erst jetzt?

Nun, der Gedanke schwirrte ihm schon seit längerer Zeit im Kopf herum, aber bisher hatte er sich nicht so intensiv mit dem Gedanken beschäftigt, dass es für einen solchen Schritt gereicht hätte.

Er lachte noch, als er den Brief einwarf. Hatte doch die lange Adresse fast nicht auf den Briefumschlag gepasst.

An den
Bundesbeauftragten für die
Unterlagen des Staatssicherheitsdienstes
der ehemaligen
Deutschen Demokratischen Republik
Georg-Kaiser-Str. 7
39116 Magdeburg

Klar hätte Oliver es auch mit BStU und DDR abkürzen können, aber er hatte eben Ehrgeiz beim Aufschreiben der Adresse.
Das Bürgeramt bestätigte ihm auf dem Antrag, dass er wirklich der Oliver Kuhnke war, der auch in seinem Pass stand. Dann noch die Briefmarke in die Ecke gequetscht und ab damit nach Magdeburg, wo sich eine Außenstelle des Bundesamtes befindet.
„Gute Reise, lasst schnell etwas von euch hören", redete er noch lachend, als er den Brief aus seinen Händen in den Schlitz des Briefkastens fallen ließ.

***

07. Mai 2016

ca. 13:30 Uhr

Das Hotel lag keine fünf Kilometer von der Klinik entfernt, so war die Strecke rasch gefahren. Nach einem kurzen Aufenthalt im Zimmer, um sich etwas frisch zu machen, gingen Monika und Ronny in den Speisesaal.
Nach dem Mittagsbuffet, bei dem beide nicht viel gegessen hatten, gingen sie wieder auf ihr Hotelzimmer zurück und legten sich vollkommen erledigt auf das nicht gut gepolsterte Bett. Die Matratzen waren ihnen viel zu hart. Zu Hause in Norddeutschland schliefen beide auf sehr viel weicheren Unterlagen. Ronny nannte es „wie auf Wolken schlafen".
Aber was könnte härter sein, als gerade fast live dabei gewesen zu sein, als die eigene Tochter den Kampf um ihr Leben verlor?
Trotz der harten Unterlage, schliefen sie recht schnell ein. Die Erschöpfung hatte sie übermannt.

***

„... Du bist doch das allerletzte. Abschaum. Ekelhaft. Geh mir aus den Augen, ich will Dich nie wiedersehen. Wie konntest Du mir nur so etwas antun? Pfui", schrie Monika Ronny entgegen. Dann rannte sie zur Tür, stürzte hinaus und lief weiter zum Treppenhaus. Ihr Weg führte nach unten. Irgendwelche unbekannten Treppen runter. Nur schnell weg hier. So schnell es nur ging. Stufe für Stufe.
Diese wollten aber nicht enden.
Sie lief und lief, aber die Stufen nahmen kein Ende. Sie trug Stöckelschuhe und die Stufen waren aus Granitplatten, sodass es sich im tristen Treppenhaus anhörte, als würde dort mit einer Schlagbohrmaschine gearbeitet.
Der Handwerker, der diese Bohrmaschine benutzte schien den Hebelknopf immer tiefer zu drücken, wodurch die Geschwindigkeit der Umdrehungen und damit das Schlagen immer schneller wurden.
Ein schwarzer Schatten folgte ihr mit immer schnelleren Schritten.
Durch das runde Treppenhaus konnte sie diese Gestalt erkennen, wenn sie einen Blick nach hinten, beziehungsweise oben warf. Wenn sich ihr Augenmerk nach unten fokussierte, sah sie, dass das Treppenhaus noch mindestens 25 Etagen nach unten zu haben schien, doch ab da wurde es dunkel. Je näher sie dem imaginären Ende der Stufen kam, je mehr Stufen kamen hinzu. Das dunkle Loch in der Mitte des Treppengeländes war stets gleich weit weg.
Eine unendliche Spirale tat sich vor ihr auf.
Bald holte die schwarze Gestalt Monika ein und hielt sie an einem Arm fest und stoppte ihren wahnsinns- und rekordverdächtigen Lauf.

In kürzester Zeit lief Monika circa dreißig Etagen herunter, ohne das Ende bereits erreicht zu haben. Die schwarze Gestalt ließ sie nicht weiterlaufen, obwohl Monika dies gern getan hätte. Der Druck auf ihren Oberarm wurde stärker und tat bald darauf weh.

Von diesem Schmerz aufgeweckt, machte Monika ihre Augen auf und erschrak sich fast zu Tode. Die schwarze Gestalt hielt ihren Arm immer noch. Der Griff war nur nicht mehr so fest wie eben noch. Schmerzen fühlte sie nicht mehr, nur einen leichten Druck am Oberarm.

Es war Ronny, der gemerkt hatte, dass Monika wohl etwas Schlimmes geträumt hatte. Daher weckte er sie. Dazu legte er seine Hand auf ihren Oberarm und rüttelte vorsichtig an seiner Frau.

Mit leisen Worten: „Moni, aufwachen ... Moni aufwachen", wollte er sie aus dem Schlaf holen. Da sie, bevor sie sich hingelegt hatten, die Gardinen zugezogen hatten, kam Ronny Monika vor, wie eine schwarze Gestalt. Das helle Tageslicht, das durch das zugezogene Fenster Einlass fand und die menschliche Silhouette ihres Mannes ließen sie Traumes trunken diese Erscheinung wahrnehmen. Es dauerte einen kleinen Augenblick, ehe Monika dies begriff und sich halbwegs sammeln konnte und in der schwarzen Gestalt ihren Mann erkannte.

Ronny zog derweil langsam die Gardinen auf.

Monika rieb sich ihre Augen. Immer noch mit einem unguten Gefühl in der Magengegend, stieg sie aus dem Bett und verschwand ins Bad.

Nach dem Toilettengang wusch sie sich die Hände und schüttete sich anschließend mehrere Male kaltes Wasser ins Gesicht. Als sie wieder den kleinen Flur-Wohn-Schlafraum betrat wirkte sie erheblich frischer als eben.

„Du hast wohl schlecht geträumt, Moni. Du warst so unruhig. Ich hoffe es ist Dir recht, dass ich Dich geweckt habe?"

„Schon gut. Alles Ok. Ich bin Dir nicht böse".

Monika sah zu Ronny. Der stand am, gerade von ihm geöffneten Fenster. Er schaute nicht zu seiner Frau, sondern beobachtete irgendetwas auf der gegenüberliegenden Straßenseite.

„Hat sich das Teufelchen tatsächlich in meinen Traum gewagt?", dachte Monika.

An den Anfang des Traumes hätte sie sich gern erinnert, was ihr leider nicht gelang. Zu gern hätte sie gewusst, was sie, in ihrem Traum, zu ihrem Wutausbruch und die vielen unschönen Worte gebracht hatte. Jedoch auch bei völliger Anstrengung konnte sie sich an keine dieser ersten Szenen erinnern.

„Was, wir haben schon achtzehn Uhr?", rief Monika aus, als sie auf die kleine Uhr, die auf der Schrankwand stand, sah.

„Ja, wir haben ganz schön lange geschlafen. Zum Glück. Ich war aber auch hundemüde".

Möchtest Du mal zur Rezeption gehen und fragen, ob ein Anruf für uns eingegangen ist?"

„Ja, mach ich gleich, Moni. Aber das Nötigste zuerst", sagte Ronny und ging in Richtung Ausgang und bog dann aber in das winzige Bad ab.

Jetzt stellte sich Monika ans Fenster und nahm mehrere tiefe Atemzüge von der frischen bayrischen Landluft, die von einem nahegelegenen Feld herüberkam, welches sie nicht einsehen konnte, da dieses durch eine Reihe hochgewachsener Bäume verdeckt war. Es roch ein wenig nach Kuhdung vermischt mit Gras. Dies war kein fremder Geruch für sie, schließlich wohnten die Sommers auch auf dem Lande, aber sie fand, dass es hier doch noch etwas anders roch. Sie kam nur nicht drauf, was den Unterschied ausmachte. Über den Versuch ihren Geruchssinn zu ordnen, bekam sie nicht mit, dass Ronny schon einmal vor die Tür gegangen war und nun wieder in das Zimmer kam. Erst das Zufallen der Eingangstür holte sie vom Feld in das Zimmer zurück.

„Und?"

„Nein, es liegen keine Anrufe für uns vor. Aber ich habe dieses Telefon für uns angemeldet", sagte Ronny und zeigte auf das Gerät, welches sich auf dem Schreibtisch befand.

„Wenn die Rezeption einen Anruf für uns bekommt, leiten sie ihn an uns weiter".

„Danke Ronny, bist ein Schatz".

Er ging zum Fenster, wo seine Frau immer noch stand und drückte sie an sich. Dann standen sie Arm in Arm vor dem weit geöffneten Fenster und sahen in den Abendhimmel.

***

Das Fenster war wieder geschlossen und die Sommers saßen auf dem 2-Sitzer-Sofa und schwiegen sich an. Eine ähnliche Situation wie sie es vor ein paar Stunden schon einmal hatten. Nur jetzt ergriff Ronny das erste Wort. Er fragte Monika, ob es wohl angebracht wäre, Oliver anzurufen um ihn darüber in Kenntnis zu setzen, dass seine Freundin tot sei. Schließlich fuhr Oliver, nach Meinung von Monika und Ronny, etwas verfrüht nach Hause, als er nicht mehr vor dem Büro warten wollte. Danach haben sie sich nicht mehr gesprochen. Oliver wusste also nichts vom Transport nach Bayern und schon gar nichts vom Tod seiner Freundin.

„Ich kann das jetzt nicht, Ronny. Wenn Du ihn anrufen möchtest, mach das, aber ich geh' der Weile draußen auf dem Gang spazieren".

„Nein, bleib ruhig hier. Ich werde ihn später anrufen. Dann wissen wir wahrscheinlich auch etwas mehr".

Plötzlich sprang Monika auf und drehte ihren Körper in Richtung ihres Mannes. Sie bildete mit der rechten Hand eine Faust und ließ ihren Zeigefinger nach vorn schnellen. Diesen streckte sie, mit ausgestrecktem Arm, Ronny entgegen. Ihre Gesichtszüge verformte sich eigenartig. Ihre Augen wurden kleiner und aus ihrem Mund kamen stotterhaft ein paar Worte.

„Jetzt weiß ich ... es. Lange hab' ich ... überlegt. Aber jetzt ... schießt es mir ... gerade durch den Kopf".

Ronny saß da und fing fast an zu lachen. Erschrocken, verdutzt und doch auch ein wenig sich daran erinnert zu fühlen, sich gerade in einem Theaterstück wieder zu finden, welches eine Komödie vorträgt, sah er seine Frau halb lächelnd und halb ungläubig an.

„Was ist los mit Dir? Was willst Du mir sagen? Beruhige Dich und bilde bitte ganze Sätze. Ich verstehe kein Wort. Übst Du für ein Theaterstück, oder was?"

Monika holte so tief Luft, wie sie es gerade eben am Fenster getan hatte und keifte dann mit einer sich fast überschlagender Stimme los.

„Woher kennt der Professor Deinen Vornamen? Er hat Dich heute Morgen Ronny genannt. Warum hat er Dich Ronny genannt? Kennst Du diesen Professor? Sag mir die Wahrheit".

„Jetzt ist also die Stunde der Wahrheit gekommen", dachte Ronny und versuchte seine Frau zu beruhigen.

„Wie kommst Du darauf? Er hat mich nicht mit meinem Vornamen angesprochen. Und wenn, dann hat er ihn aus den Akten", versuchte sich Ronny heraus zu reden. Doch er wusste genau, dass dies nicht stimmte.

„Lüg mich nicht an, Ronn. Ich hab' ganz genau noch seine Worte im Ohr. Er nannte Dich „Ronny" und als er merkte, dass das wohl nicht so gut war, sagte er sofort „Herr Sommer" hinterher".

„Ok, Moni, setz Dich bitte neben mich. Dann erzähl' ich Dir alles".

„Na da bin ich ja mal gespannt".

Monika setzte sich neben Ronny, jedoch quetschte sie sich auf dem engen Sofa in die äußerste Ecke, sodass eine kleine Lücke zwischen den beiden entstand.

„Mann, soll ich Ihr jetzt wirklich alles erzählen? Ne, das kann ich doch nicht machen. Sie wird mich verlassen. Und womit? Mit Recht! Verdammte Scheiße. Warum hab' ich Sie jetzt so angestachelt. Da komm' ich wohl nicht mehr raus. Sie wird nicht eher Ruhe geben, bis ich ...", dachte Ronny und wurde dann von Monika unterbrochen.

„Ich warte. Du kannst anfangen". Dabei ließ sie ihre Finger der rechten Hand auf ihrem Oberschenkel Klavier spielen.
„Ja, Moni, Moment. Es ist nicht so leicht, wie Du denkst. Lass mir bitte noch eine Minute".
Monika sagte nichts dazu.
Sie ließ ihre Finger weiterspielen und schaute auf die kleine Uhr auf dem Wohnzimmerschrank.
18:15 Uhr.

„Eine Minute sollst Du bekommen, aber dann möchte ... nein, dann will ich alles wissen, mein lieber Freund", dachte Monika.
Ronny suchte unterdessen nach dem ersten Buchstaben oder das erste Wort, mit dem er seine wahre Geschichte anfangen konnte. Er wusste es wird nicht leicht werden, Monika diese lange, teils üble und doch wahrheitsgemäße Lebensgeschichte zu erklären.
Noch nie hatte er ihr davon erzählt. Aber er ahnte, nein er wusste, dass irgendwann einmal der Tag kommen würde und musste.
Irgendwann musste alles herauskommen.
Heute war er da. Dieser Tag.
„Deine Minute ist vorbei. Du kannst jetzt anfangen. Ich bin schon sehr gespannt".
„Moni, das alles wird nicht leicht für mich, aber schon gar nicht für Dich. Ich könnte verstehen, wenn Du irgendwann zwischendurch sagen würdest, dass Du es nicht mehr ertragen kannst. Dann sag das bitte. Bevor ich anfange möchte ich Dir gern noch etwas Wichtiges sagen. Ich liebe Dich. Und ich habe Dich immer geliebt, Vom ersten Tag bis heute und wenn Du mich dann noch lässt ... bis zu meinem Tod". Ronnys Stimme wurde von Satz zu Satz schwächer.
Er räusperte sich zwischendurch und dann ging es besser.

„Da bin ich ja mal gespannt. Das hört sich ja an, als hätte er damals die Juden vergast, oder sonst irgendwelche Leute umgebracht", dachte Monika, ohne zu wissen, dass sie gar nicht so ganz falsch lag.

Ronny stand kurz auf um sich gleich darauf wieder bequemer hinzusetzen.

„Also, wie fange ich es an?"

Am liebsten hätte Monika jetzt: „Na, am besten mit dem Anfang" gesagt, aber das schluckte sie mit dem nächsten Speichel herunter.

Ihr Mann nahm einen mächtigen Atemzug und begann zu reden.

Er erzählte ihr zunächst von seiner unglücklichen Kindheit, seinen Schwierigkeiten mit seinen Eltern, die mit der Pubertät noch schlimmer wurde. Von seinen Gedanken einfach abzuhauen von Zuhause und davon, dass er sich damals mit seinem besten Freund Jens einen Fluchtplan ausgedacht hatte. Dass es gar kein so guter Plan war und dass man die beiden dann erwischt hatte und einen Tag später zum Verhör geholt hatte, verschwieg er Monika auch nicht. Die Story aus dem Verhörraum kam natürlich ebenso zur Sprache. Genauso wie das damit verbundene Versprechen, seine Klassenkameraden und später seine Arbeitskollegen auszuhorchen und abzuhören und diese Informationen an die Stasi weiter zu leiten. Ronny gab ihr sogar kleinere Beispiele, was er bei der Stasi so alles erzählte.

Monika saß ruhig und scheinbar gelassen in ihrer Ecke und hörte Ronny gespannt zu.

Voll im Redefluss erklärte Ronny, dass er durch die Stasi die Ausbildung zum Krankenpfleger bekam und dass er sehr beliebt war und bald bei den Genossen aufgestiegen war. Jetzt kam auch heraus, dass Ronny eine ganze Zeit gar nicht als Krankenpfleger gearbeitet hatte, sondern in einem Büro saß um Menschen zu verhören oder diese einem Verhör zuzuführen.

Monika schluckte, als sie das hörte. Im Kopf rechnete sie sich diese Zeit schnell aus und kam darauf, dass Ronny sie über zig Jahre lang belogen hatte. Er behauptete damals, als sie sich kennen lernten, er würde im Krankenhaus, einer Poliklinik als Kinderkrankenpfleger arbeiten. Jetzt kam also heraus, dass das nicht der Wahrheit entsprach. Erst im Jahre 1989 gab es wohl einen Tag, an dem Ronny verstand, was man mit ihm und aus ihm bei der Stasi gemacht hatte. So erklärte Ronny weiter, dass er sich dann im Dezember 1989 aus den Diensten des MfS, ohne Beeinträchtigungen, zurückziehen konnte und seitdem wieder in seinem erlernten Beruf arbeitete.

In der Magdeburger Poliklinik lernte er dann den damaligen Doktor Schlingbein kennen. Sie verstanden sich auf Anhieb sehr gut und verbrachten die Pausen zusammen oder trafen sich sehr oft auf ein Bier außerhalb der Klinik. Irgendwann kam dann die Wende und die Klinik sollte geschlossen werden. Dies zog sich jedoch bis zum Wegzug der Sommers im Jahre 1990 nach Schleswig-Holstein hin, sodass er bis zu dieser Zeit, unter anderem auch mit Doktor Schlingbein, dort arbeitete.

Jetzt war es raus. Er hatte ihr alles gebeichtet. Eine dreiviertel Stunde lang hatte er seinem bisher verschwiegenen Geheimabschnitt einen Hauch von Leben eingeflößt.

Ronny sah Monika fragend an und wartete auf ihre Reaktion.

***

„Was soll ich Dir jetzt darauf sagen, Ronn, ... Ronny? Das muss ich erst mal sacken lassen".

Frau Sommer hielt sich, während sie diese Worte sagte, ihre Hände vor ihr Gesicht. Sie wollte ihrem Mann jetzt nicht in die Augen sehen. Ronny bemerkte ihre abwehrende Haltung, stand vom Sofa auf und lief zum Schrank, indem sich die Minibar befand. Er öffnete die Tür und sah hinein. Nach Durchsicht der Auswahl nahm er sich eine kleine Flasche Cola heraus. Am liebsten hätte er einen Schnaps getrunken, aber er wusste, dass er noch fahren musste. Ronny öffnete die Flasche an dem dafür vorgesehenen Flaschenöffner an der Schranktür und trank sie in einem Zug leer.

„Bäh, die ist ja warm. Schmeckt wie Knüppel auf den Kopf".

Monika nahm ihre Hände vom Gesicht weg und sah Ronny an. Der schüttelte sich erneut wegen des dumpfen Geschmacks der warmen Cola. Normalerweise hätte sie wohl jetzt gelacht oder zumindest gelächelt, aber danach war ihr nicht zu Mute. Ihr war eher zum Weinen, aber auch das kam ihr nicht in den Sinn. Sie wollte stark bleiben. Sich nichts anmerken lassen. Gedemütigt und gekränkt saß sie beinahe regungslos auf dem Sofa.

Sie wollte es nicht wahrhaben, dass ihr Mann sie die ganzen vierunddreißig Jahre, die sie sich kennen, belogen hatte.

Wobei gelogen?

Gelogen hatte er nicht.

Er hat nur *nichts* gesagt.

Ist das auch eine Art Lüge?

Um über diese Situation nach zu denken, brauchte sie wohl einige Zeit, die sie jetzt nicht hatte. Daher versuchte sie das

Thema zu wechseln, indem sie auf Peggys Obduktion zurückkam.

„Wie lange brauchen die denn um Peggy zu untersuchen, das kann doch nicht so lange dauern. Warum rufen die nicht an?"

„Ich verstehe das auch nicht, aber da haben wir zu wenig Erfahrung. Ehrlich gesagt weiß ich tatsächlich nicht wie lange eine Obduktion dauert".

„Ehrlich gesagt? Wann warst Du das letzte Mal wirklich ehrlich? Werde ich Dir jemals wieder vertrauen können?", dachte Monika.

„Sollen wir mal im Krankenhaus anrufen, Ronny?"

„Nein, das wird nichts bring ...".

Eine Melodie, wie sie eine Klangschale wiedergibt, ertönte das Zimmer. Ein Steel-Pan, welches eine in Trinidad erfundene gewölbte Trommel ist, hätte es auch sein können. Auf jeden Fall eine bezaubernde, beruhigende Tonart, die mit einer harmonischen Melodie einherging, verzauberte plötzlich die Sinne der Sommers. Bis sie herausfanden, dass es sich um den Klingelton des Telefons gehandelt hatte, hörte die Melodie bereits auf zu erklingen.

„Sommer ... Hallo? ... Mist, aufgelegt", sagte Ronny, der den Hörer in seiner Hand hielt und diesen zu spät von der Gabel genommen hatte. Der Anrufer hatte es nur vier Mal klingeln lassen, wobei die Melodie keinen Aufschluss darüber gegeben hatte, wie oft es klingelte. Sie war durchgängig am Spielen, ohne eine hörbare Pause zwischen den Freizeichen zu machen.

„Ruf mal bei der Rezeption an. Oder besser wir gehen mal runter", sagte Monika aufgeregt.

„Ich ruf da erst mal an", gab Ronny seiner Frau Antwort. Auf dem Telefon war ein eine kleine Liste mit Nummern, auf der auch die der Rezeption stand. Eine 123 und schon war man mit einer freundlichen Stimme verbunden. Die nette Dame am anderen Ende der Leitung bestätigte, dass es sich um einen Anruf aus dem Krankenhaus gehandelt hatte. Als die Höflichkeitsfloskeln ausgetauscht waren, legte Ronny den Hörer wieder auf. Er griff in seine Hosentasche, wo sich die Visitenkarte des Professors befand, welche er nach dem gemeinsamen Gespräch bekommen hatte. So nahm er den Hörer erneut in die Hand und wählte eine Null und dann die Nummer vom Kärtchen. Ein Zischen und Brummen dröhnten in seinen Ohren. Er nahm sofort den Hörer von seinem Ohr weg und sah ihn verwundert an. Dann guckte er nochmals auf die Karte und stellte fest, dass er die Faxnummer gewählt hatte.

„Guten Abend, Herr Professor, hier ist Herr Sommer. Haben Sie uns gerade angerufen? Ja ... bis wir gemerkt haben, dass es sich hier um das Telefonklingeln gehandelt hat, waren Sie schon weg, haha", sprach Ronny.

„Wir können jetzt kommen? Ja ... dann bis gleich, auf Wiedersehen".

„Du hast es gehört? Wir können jetzt ins Krankenhaus fahren, Moni".

Ca. 19:15 Uhr

***

Ca. 19:45 Uhr

„Herr Professor Schlingbein erwartet Sie bereits", antwortete eine Schwester und brachte die Sommers vor die Bürotür, hinter der der Professor gerade einen Schriftsatz aus der

Pathologie las. Ein freundliches „Herein" erklang, nachdem die Schwester anklopfte. Dann öffnete sie die Tür und bat Monika und Ronny herein.

Herr Sommer klärte den Professor auf, dass seine Frau nun wisse, dass die beiden sich kennen würden und das somit dieses gewisse „Versteckspiel" ein Ende hätte. Professor Schlingbein schaute dabei sehr erstaunt und auch ein wenig beängstigend in Ronny Augen. Als hätte er Angst gehabt, dass Ronny seiner Frau irgendetwas davon verraten hätte, warum und woran die beiden damals zusammengearbeitet haben. An einer bewussten Stelle machte Ronny eine kleine Kopfbewegung, die seinem Gegenüber vermitteln sollte, dass er nicht so weit gegangen war.

Monika bemerkte diese Bewegung des Kopfes ihres Mannes nicht. Sie blickte fast erstarrt und in Gedanken versunken aus dem Fenster in den grauen Abend.

Sie war froh, dass Ronny mit dem Professor offen darüber sprach, dass er es ihr gesagt hatte. Das gab ihr ein kleines bisschen Hoffnung auf Wiedergutmachung. Konnte Ronny das überhaupt wieder gut machen?

Kann Monika ihm jemals wieder vertrauen?

Um weiter darüber nachdenken zu können brauchte sie mehr Zeit.

Sehr viel mehr Zeit.

Der Professor atmete tief durch, ehe er zu dem Schreiben, das vor ihm auf dem Tisch lag, zurückkam.

„Also, Frau Sommer, Herr Sommer, die Kollegen aus der Pathologie haben mir diesen Bericht hereingereicht. Ich habe ihn hinreichend gelesen und vorhin auch noch einmal mit einem Kollegen telefoniert. Es sieht alles danach aus, dass Ihre Tochter einem Herzversagen erlegen ist. Warten Sie, Frau Sommer, ich sehe Sie wollen direkt darauf etwas fragen. Klar, ich kann mir denken, was Sie fragen wollen. Warum eine so junge Frau an Herzversagen sterben kann. Aber bedenken Sie bitte auch den Sachverhalt, dass Peggy nicht ihre leibliche Tochter war".

Monika und Ronny hatten dies in der Tat nicht berücksichtigt. Peggy war stets ihre *eigene* Tochter.

Über Peggys wahre Eltern war nichts bekannt.

„Wir wissen nicht was die Eltern von Peggy für eine Krankenvorgeschichte hatten. Es kann sein, dass Ihre Mutter oder ihr Vater herzkrank waren und es der Tochter vererbt haben? Da wir kein Erbgut der Eltern haben, können wir dazu nichts sagen. Wir gehen jedoch jetzt davon aus, dass Peggy seit ihrer Geburt einen Herzklappenfehler hatte, der bisher nicht erkannt wurde", sprach der Professor im ruhigen Ton.

Die Sommers saßen auf ihren Stühlen. Monika blickte traurig nach unten und Ronny an die Zimmerdecke. Es rollte ihr langsam eine einsame Träne die Wange herab. Als der Tropfen immer schneller werdend am Kinn ankam stürzte dieser zu Boden und zersprang in alle Himmelsrichtungen und verursachte einen kleinen Krater. Wie, wenn man über einen Vulkan fliegt und in ihn hineinschaute. Nur in sehr klein.

Ca. 20:30 Uhr

***

20. Februar 1986

Peggy war gerade drei Monate alt, als ihre Mutter, Ramona, mit ihr und zwei weiteren Personen in einem Fahrzeug unterwegs waren.
Es war mitten in der Nacht. Die Strecke war nicht beleuchtet, nur die Scheinwerfer des Autos erhellte die einspurige Straße.
Auf der trockenen Fahrbahn waren noch ein paar Reste vom Schnee, der letzte Woche noch einmal fiel, ansonsten war sie gut geräumt. Ein Mann in unauffälliger Kleidung fuhr den großen Wagen. Seine Frau saß auf dem Beifahrersitz. Auch sie war nicht besonders chic gekleidet.
Auf der Rückbank, hinter dem Fahrer saß Ramona. In einem Kindersitz fest gegurtet, schlief Peggy, auf der anderen Seite. Mit einem Schnuller im Mund und einem glücklichen Gesichtsausdruck merkte sie nichts von der Fahrt. Wahrscheinlich konnte sie aufgrund der Vibrationen des Fahrzeugs auf der holprigen Straße gut schlafen. Bis auf das leise Summen des Motors, die Rollgeräusche der Räder auf der Straße und das vorbeirauschen des Fahrtwindes war es im Auto absolut ruhig.
Das Paar auf den vorderen Plätzen hatte schon viele Menschen aus der DDR auf ihrer Rückbank sitzend in die Bundesrepublik gebracht.
Durch einen sehr guten Bekannten von Ramona, kam sie in Kontakt mit diesem Paar. Der Bekannte war ein Kontaktmann aus der Bundesrepublik. Zusammen schleusten sie schon einige Bürger des Arbeiter- und Bauernstaates aus dem Land.

Ramona wollte diese Flucht bereits vor der Geburt ihrer Tochter mit ihrem Mann Eric machen, weil dieser an einer schweren Krankheit litt und sich im Westen eine bessere Behandlung versprach. Aber auch weil sich die beiden nicht mehr wohl fühlten in der DDR. Ein Ausreiseantrag wurde ohne Begründung abgelehnt. So stand der Entschluss, den Osten auf diese Weise zu verlassen, umso mehr fest.

Eric starb kurz vor der Geburt von Peggy im letzten Jahr qualvoll an seiner, den Körper von innen zerfressenden, Krankheit. Eines Tages krümmte er sich vor Schmerzen und spuckte aus heiterem Himmel Blut. Noch auf der Fahrt ins Krankenhaus starb er im Krankenwagen. Ramona fragte sich danach andauernd, ob er im Westen mit einer anderen, besseren, Therapie überlebt hätte. Sie hatte das Gefühl, weil Eric einen Ausreiseantrag gestellt hatte, wurde er nicht mehr vernünftig behandelt. In den letzten Wochen vor seinem Tod war Eric dann aber auch zu schwach um einen Fluchtversuch zu überstehen. Nach der Beerdigung und der Geburt von Peggy wollte Ramona diesen Schritt in den Westen so schnell es ginge mit ihrer kleinen Tochter unternehmen.

In dieser Nacht war es soweit.

Auf einem Parkplatz im Industriegebiet am Rande der Stadt, stiegen die beiden DDR-Bürger in das West-Auto und fuhren Richtung Westen. Das Paar hatte gefälschte Ausweise und einen Besuchsschein, der aussagte, dass sich die vier Personen im Fahrzeug nur auf einem Kurzbesuch in der DDR aufgehalten hatten, dabei. Bis um Mitternacht war dieser Schein gültig, dann mussten die Besitzer die DDR verlassen haben, sonst hätte es großen Ärger gegeben. Die erfahrenen Fluchthelfer waren jedoch etwas in Zeitverzug geraten, so fuhr der Mann das Auto ein wenig schneller als erlaubt.

Der Blick des Fahrers war stur und konzentriert auf die Straße gerichtet. Das Fernlicht war eingeschaltet, bis sich dem Fahrzeug scheinbar ein entgegenkommendes Auto näherte. Ramona winkelte ihren Kopf an, um nach vorn aus der Windschutzscheibe zu sehen. Sie sah das andere Auto auf sie zu fahren. Noch bevor sie begriff, was dann wirklich geschah, krachte das Auto mit dem anderen frontal zusammen.

Um diese Flucht aus der DDR zu verhindern, dachte sich das Ministerium für Staatssicherheit einen sehr grausamen Plan aus.
Ein großer Spiegel wurde vor einem quer zur Fahrbahn stehenden NVA-Panzer gestellt. Damit man ihn nicht sofort erkannte, wurden Tarnnetze darübergelegt. In der Dunkelheit war diese Falle nur sehr schwer zu erkennen.
Der Fahrer des Westautos bemerkte zwar den vermeintlichen Gegenverkehr und wollte noch in letzter Sekunde ausweichen, jedoch war diese Aktion zum Scheitern verurteilt. Die Fahrbahn war an dieser Stelle extra verengt worden.
Das Fahrzeug, welches ihm entgegenkam, war er selbst gewesen.
Nur ein, sein, Spiegelbild.
Da wo der Fahrer hinlenkte, fuhr auch das Entgegenkommende hin. Mit fast ungebremster Wucht sprengte das West-Auto zunächst den Spiegel in Millionen von Stücken, um dann in den dahinterstehenden Panzer einzuschlagen. Dieser rührte sich natürlich keinen Millimeter, sodass er auch keine Anstalten machte den Aufprall auch nur etwas abzudämmen.
Die Beifahrerin wurde, trotzdem sie angeschnallt war, samt Sitz aus dem Fahrzeug geschleudert und brach sich an dem Kettenfahrzeug das Genick. Der Fahrer wurde hinter seinem Lenkrad eingequetscht. Ein Teil der Lenksäule bohrte sich

einmal ganz durch seinen Unterleib. Ramona stieß mit ihrem Kopf gegen die Rückenlehne des Fahrersitzes und zog sich dabei tödliche Kopfverletzungen zu.

Alle drei erwachsenen Personen verloren auf der Stelle ihr Leben.

Aus einem nahen Gebüsch kamen mehrere Männer in Uniformen und durchsuchten das Auto nach Überlebenden. Bei den verunglückten Erwachsenen fühlten sie zunächst den Puls, dann überprüften sie die Atmung, um schließlich deren Tot festzustellen.

Peggy, die im Kindersitz sitzend auf der Beifahrerseite lag, wohin sie der Aufprall beförderte, war die Einzige, die diese Fahrt überlebte. Sie erlitt auch eine schwere Kopfverletzung und wurde von einem Krankenwagen schnell ins nächste Krankenhaus gebracht.

Der gute Bekannte von Ramona wurde seit Wochen von der Stasi bespitzelt und so kam der Fluchtversuch heraus.

Für die Zeit nach dem Fluchtversuch hatte sich die Staatsgewalt auch schon einen Plan vorgefertigt, wie sie es der Presse und vor allem auch der BRD gegenüber erklären würden. In einem Zeitungsbericht wurde Ramona als Fahrerin eines gestohlenen Westautos dargestellt, die versucht hatte mit ihrer Tochter in den Westen zu fliehen. Dabei kam sie mit dem ungewohnt schnellen Wagen nicht zurecht und fuhr gegen einen Baum und starb. Dass das Baby überleben würde, war so vom MfS nicht eingeplant. Im Bericht in der Presse konnte man weiterlesen, dass auch das Kind bei diesem Unfall ums Leben kam.

Es wurde jedoch in ein Krankenhaus gebracht und musste sich über einige Monate hinweg mehreren Operationen unterziehen. Hierfür wurde es in die Magdeburger Poliklinik verlegt, wo sie in die Obhut von Professor Schlingbein kam.

Über das Westpärchen wurde nichts bekannt gegeben. Laut DDR-Behörden waren zu diesem Zeitpunkt keine BRD-Bürger ihres Namens in das Land eingereist. Die Leichen der beiden wurden verbrannt und auf einer Wiese verstreut. Das Auto wurde so unkenntlich gemacht, dass der Halter nicht ausfindig gemacht werden konnte. Weder Kennzeichen noch andere Erkennungsmerkmale waren an dem Fahrzeug hinterlassen worden. Eine Begutachtung des Fahrzeugs durch bundesdeutsche Beamte war von der BRD angedacht, wurde aber abgelehnt. Das Auto wurde zeitnah eingestampft und mit anderem Schrott an die BRD verkauft. 1986

***

07. Mai 2016

ca. 19:50 Uhr

„Häh. Moment. Das ist ja interessant. Das muss ich noch mal lesen", dachte Oliver, als er im Internet einen Sportbericht der Husumer Handballmannschaft las.

„Magdeburger Handballer kommt nicht zum TUSH Husum

Wie sich jetzt herausstellte, kam es letzte Woche bei einem Freundschaftsspiel des SCHB Magdeburg gegen den TGH Moskau zu einer schwerwiegenderen Verletzung des Topspielers Kevin Werler als gedacht.
Bei einem Torwurf prallte der Spieler unglücklich gegen den Pfosten und blieb zunächst einige Minuten auf dem Spielfeld liegen und musste ärztlich versorgt werden. Danach spielte er das Match noch zu

---

Ende (Magdeburg gewann 25:21). Bei der späteren Untersuchung im Krankenhaus wurde ein Blutgerinnsel im Gehirn festgestellt. Werler, der in dieser Saison kurz davor stand, Rekordtorschütze einer Saison zu werden *(a.d.R.: Es würden noch vier Tore, bei noch drei ausstehenden Spielen fehlen)* und der nur „Der Werfer" genannt wird, wurde, wie erst jetzt bekannt wurde daraufhin in ein künstliches Koma versetzt und direkt in eine Klinik nach Bayern geflogen, wo ihn Dr. Prof. Schlingbein sofort operierte. Laut Aussage des Professors verlief die Operation sehr gut. Jedoch soll sich Werler weiterhin im Komazustand befinden.
(a.d.R.: Der Professor, der früher schon in Magdeburg praktizierte, wurde schon zu DDR-Zeiten verdächtigt, unerlaubte Operationen durchgeführt zu haben. Einen Nachweis für diese Anschuldigungen gab es nicht)
Der Spieler, der in der nächsten Saison zum TUSH Husum wechseln sollte, wird für mehrere Monate pausieren müssen. Damit haben sich die Hoffnungen für den Husumer Handballverein ..."

„Professor Schlingbein, diesen Namen habe ich doch erst kürzlich irgendwo gehört". Oliver grübelte und grübelte, fast wollte er schon aufgeben darüber nachzudenken, als ihm die entscheidende Idee kam.

„Moment mal. Hat nicht Monika gestern beim Kaffeetrinken von diesem Typen gesprochen? Klar, Peggy soll doch von diesem Professor in Bayern behandelt werden. Schlingbein, Bayern, das passt alles zusammen", dachte er weiter nach.

„Da muss doch etwas herauszufinden sein, über diesen Prof". Wenig später las Oliver auf einer Internetplattform Teile der Biographie des Doktor Professor Schlingbein.

* ... wurde 1950 in Magdeburg geboren
... machte dort seine Berufsausbildung mit Abitur (BmA)
... nach seinem Medizinstudium wurde er zu einer Kapazität
der Poliklinik Magdeburgs. Als leitender Neurochirurg machte
er sich einen Namen

... wenige Monate vor der Wende kam heraus, dass der Professor nebenbei durch unerlaubte Operationen, bei denen vor allem Kinder gestorben sein sollen, sich Geld dazu verdiente. Das konnte ihm jedoch nie nachgewiesen werden. Im Jahre 1990 schloss die Klinik und der Professor ging in eine Klinik nach Bayern, wo er sich auf Komapatienten spezialisierte.

... Den guten Ruf der bayrischen Klinik verdanken sie dem Professor

... sein Gebiet Neurologie war speziell auf Komapatienten ausgelegt

... Viele Sportler lassen sich nur von ihm behandeln

... Komapatienten wieder dauerhaft wach zu bekommen und sie für den Alltag und das Berufsleben wieder fit zu bekommen ...

* = Eintrag von einem unbekannten Einsteller, ohne Angaben von Quellen

„Hmmm, alles nur bla bla. Da muss doch noch mehr darüber zu finden sein, über diesen Professor. Was waren das damals für Operationen? Warum starben da angeblich Kinder? Sehr mysteriös", überlegte Oliver, dessen journalistische Neugier geweckt wurde. Er durchsuchte nach diesem Beitrag weitere Seiten im Internet, konnte aber immer nur dieselben Worte finden, die er schon kannte.

***

07. Mai 2016

ca. 20:30 Uhr

„Ja, das stimmt. Wir wissen nicht wer Peggys richtige Eltern waren, aber ...?", sprach Ronny.

„Lass gut sein Ronn, wir können es nicht mehr ändern. Peggy ist tot. Niemand bringt sie uns wieder", antwortete Monika schluchzend.

„Nun, wenn ich auch noch etwas dazu sagen darf, Frau Sommer? Also ...", fragte der Professor und erhob dabei seinen Zeigefinger, als ob er sich, wie in der Schule melden wollte.

„Nein, Herr Schlingbein, ich habe genug gehört. Komm' Ronny, lass uns nach Hause fahren. Es gibt noch genug zu tun. Wir müssen uns jetzt um die Beerdigung kümmern", glitt Monika dem Professor ins Wort.

Der Professor hielt sich daran und sagte nun nichts mehr. Auch Ronny konnte keinen Kommentar mehr abgeben. Seine Frau stand auf und streckte Ronny ihre Hand entgegen, zum Zeichen, dass sie jetzt gehen wolle.

Wortlos verließen die Sommers das Büro.

Nicht einmal „Auf Wiedersehen" kam aus ihren Mündern.

Der Mann mit den bunten Hosenträgern akzeptierte diese Reaktion und brachte die Beiden zur Tür. Dann stand er einige Sekunden hinter der verschlossenen Tür und amtete schnaufend durch.

„Hoffentlich hat Ronny nicht zu viel verraten", dachte er dabei.

Ca., 20:45 Uhr

***

Ca. 21:30 Uhr

Im Hotelzimmer angekommen, warf sich Monika bäuchlings auf das Bett und streckte alle Viere von sich. Ronny setzte sich neben sie auf die Bettkante und streichelte über ihren Rücken. Unter Tränen und ins Kopfkissen verschlungen sagte sie etwas, das sich anhörte, als sagte sie, dass man hätte mit Peggy öfter zum Arzt gehen sollen. Er klopfte nun zart auf die Schultern seiner Frau und gab ihr Recht.
„Ja, aber sie war doch immer gesund gewesen", sagte er.
„Ja, wir kannten aber doch die Eltern tatsächlich nicht. Vielleicht hat der Professor ja Recht und Peggy hatte eine vererbte Krankheit, die wir hätten bemerken können, wenn ...".
„Nein, Monika, mach Dich nicht verrückt. Wir können die Fehler der Vergangenheit, wenn es denn Fehler waren, nicht wieder gut machen".
Monika schloss ihre Augen und vergrub ihr Gesicht noch tiefer in das Kissen. Den letzten Satz ihres Mannes musste sie sich noch einmal etwas näher durch den Kopf gehen lassen. Dafür brauchte sie absolute Dunkelheit.
„Fehler ... der Vergangenheit".
Immer wieder wiederholte sie für sich diese Worte.
„Welche Fehler habe ich gemacht?
War ich ihr eine gute Mutter?
Was hätte ich anders machen können ... müssen?
Habe ich irgendwelche Anzeichen übersehen?".
Während dieser schweren Gedanken flossen Tränen in das luftige Kissen. Mit dieser Situation kam Ronny nicht klar. Er saß weiterhin auf der Bettkante und versuchte seine Frau zu

trösten, dabei hatte er das Gefühl, je mehr er versuchte sie zu beruhigen, je mehr Tränen flossen bei ihr.

Monika brauchte einige Zeit um sich zu beruhigen und drehte sich nach einer knappen Viertelstunde auf ihren Rücken. Sie sah Ronny an und schien von ihm etwas zu erwarten. Er merkte dies und grübelte, was Monika wohl von ihm hören wollte.

„Moni, warum siehst Du mich so an? Was erwartest Du jetzt von mir?", gab er seine Fragen im Kopf an seine Frau ab.

„Geht Dir der Tot von Peggy eigentlich nicht nahe? Du scheinst so kalt zu sein. Du weinst nicht. Du sagst kaum etwas. Du ...".

„Wie kommst Du darauf, natürlich geht mir Peggys ... sehr nah. Nur weil ich weniger Tränen vergieße als Du, trauere ich nicht weniger", sagte Ronny, ohne das Wort „Tot" in den Mund zu nehmen.

Monika überlegte und sprach dann nach einigen Minuten: „Ja, Gefühle konntest Du noch nie wirklich zeigen. Selbst bei unserer Hochzeit hast Du nicht geweint, wo ich mein

Make-Up über das gesamte Gesicht verteilt hatte vor lauter Tränen".

„Du warst eine bezaubernde Braut, selbst mit verschmiertem Gesicht".

Beide lachten. Noch vor einigen Stunden hätte Monika nicht gedacht, dass sie heute noch mal so mit Ronny lachen konnte.

Zwei Stunden später waren ihre Koffer gepackt. Das ging schnell, da sie nicht so viel ausgepackt hatten.

Ronny wollte in dieser Zeit noch einmal mit dem Professor telefonieren, um sich zu erkundigen, wie das mit der Überführung und allem weiteren Prozedere vonstattenginge, aber der Professor hatte schon Feierabend.

„Er ist nicht mehr zu erreichen, ich rufe ihn gleich morgen früh an, Moni. Dann kann er uns all unsere Fragen beantworten. Lass uns jetzt versuchen zu schlafen".
Mit wenig Mühe und viel Müdigkeit gelang es den Sommers dann aber doch schnell einzuschlafen.

Ca. 23:45 Uhr

***

1973

„Hör mal Junge, das ist ein bisschen zu wenig, was Du mir da vorträgst. Da muss schon noch mehr kommen. Das Dein Freund mit Dir im gleichen Verein ist und Dein Nachbar jeden Samstag seinen Trabant wäscht, das weiß ich doch bereits. Hör mal, ich brauche richtige Informationen", sagte der Stasimann, der sich heute als Herr Paul vorstellte, zu Ronny, als dieser das erste Mal vor ihm im Büro saß und von seinen ersten Beobachtungen berichtete, die er in den letzten zwei Wochen erspäht hatte. Er war mit einem guten Gefühl in das Bürohaus gegangen. Hatte er doch jede Menge Gesehenes im Kopf, was er voller Freude ausplauderte. So erzählte er dem Mann, der ihn vor zwei Wochen überredete dies zu tun, viele kleine Details aus seinem Umfeld. Das diese nun nicht ausreichten, um seinem Gegenüber zufrieden zu stellen, war für Ronny kaum nachvollziehbar.

„Aber was soll ich denn noch alles machen?"

„Richtige, wichtige Informationen sammeln".

„Was sich wichtige Informationen?"

„Ok, Ronny, wenn Du nicht kooperativ bist, dann landest Du ganz schnell im Gefängnis. Ich habe genug um Dich für ein paar Jahre dort hin zu bringen. Willst Du das?"

„Nein".

„Na also. Dann hör und sieh Dich verdammt noch mal besser um. Ich brauche jede Kleinigkeit, aber nicht wer wann sein Auto wäscht. Das ist papperlapapp. Wer geht mit wem wohin? Wer sagt wem was? Verstehst Du, solche Sachen interessieren mich".

„Ok, ich werde besser aufpassen".

„Hab' ich es doch gewusst, dass Du ein vernünftiger Junge bist. Wirst sehen, dass wird Dir Spaß machen. Sieh das alles als ein Abenteuer. So und jetzt raus mit Dir. Wir sehen uns hier in zwei Wochen wieder. Halte Deine Augen und Ohren offen".

Ronny wurde und war ein guter Informant. Er lernte sehr schnell, was wirklich wichtige Informationen für Herr Paul waren und lieferte präzise ab. Tatsächlich wurde sein Jagdinstinkt immer größer. Es machte ihm große Freude andere, auch fremde Leute auszuspionieren. Er schrieb dazu ein Tagebuch, damit er auch keine Winzigkeit vergessen konnte. Er notierte alles was er sah und hörte. Egal ob es ihm wichtig erschien oder nicht, vielleicht konnte Herr Paul damit etwas anfangen.

Die Wochen und Monate vergingen und Ronny war oft im Namen des Staates und in geheimer Mission unterwegs.

Schnell vergaß er, dass sein bester Freund Jens wegen ihm viele unangenehme Momente erleiden musste, weil er nicht denselben Weg gegangen war wie er.

Diese Tätigkeit brachte Ronny mehr Selbstvertrauen. Er wurde für jede seiner Erzählungen gelobt. Sogar kleine Aufmerksamkeiten erhielt er manchmal. Für Aussagen, die Jemanden schwer belasteten, sodass dieser ins Gefängnis kam, gab es schon mal 20 Mark der DDR. Das war für Ronny verdammt viel Geld. Er sparte seinen Verdienst in einer Geldkassette und versteckte sie auf dem Dachboden seines Miethauses.

Dort entdeckten er und Jens einmal einen losen Stein in der Wand, den man herausziehen konnte. Dahinter war ein großer Hohlraum, in den die Kassette passte. Da der Putz an der Wand schon fast überall abgebröckelt war und einige Steine lose waren, fiel dieser gar nicht auf. Ein ideales Versteck. Zumal der Dachboden schon seit Jahren nicht mehr genutzt wurde. Aus alten Tagen standen hier noch alte Waschbehälter, die man damals benutzte um seine Wäsche zu reinigen. In einer größeren Zinkwanne lag noch ein hölzernes Waschbrett, dass aus einem dicken Holzbrett mit vielen eingeschnittenen Rillen bestand. Wenn man darüber nachdachte, mussten die Menschen früher wirklich hart daran arbeiten um ihre Wäsche sauber zu bekommen.

Für die beiden besten Freunde war dies ein „Geheimer Ort", an dem man sich treffen konnte. Dieser Ort durfte von keinem der beiden verraten werden. Das haben sich beide geschworen. Sie nutzten dieses Versteck auch um sich dort Botschaften zu hinterlassen. Obwohl sie eigentlich jeden Tag zusammen waren und viel miteinander sprachen wurden dort Zettel mit Hinweisen hinterlegt.

„Morgen nach der Schule um 15 Uhr treffen wir
uns vor dem Konsum.
Gez. Jens".

Eine Information, die völlig belanglos war, da beide dieses Treffen bereits persönlich besprochen hatten, aber ihnen gefiel diese Art der Kommunikation. Manchmal waren auch Freundschaftsbekundungen dabei.

„Du bist für immer mein bester Freund
gez. Jens".

Im ersten Jahr erspähte sich der Jugendliche bereits 24 Mark. Dabei hatte er noch nicht einmal jemanden ins Gefängnis gebracht. Mal hier eine Mark, mal dort ein paar Groschen. Es lohnte sich. 1973

***

Der 17-Jährige war besessen von seinem Job als Informant. Ronny hatte keine Freunde mehr, aber das war ihm absolut egal. Er lebte nur noch für diese, seine Arbeit. Die Anerkennung, die er von Zuhause nicht bekam, und das Geld, was er dadurch verdiente, waren ihm mehr Wert.

Dass er sich in einer Spirale befand, die ihn nur nach unten ziehen würde begriff er zu dieser Zeit nicht.

Er hatte seine Lehrstelle zum Kinderkrankenpfleger angefangen, kam so auch mit vielen Eltern und deren Verwandte und Bekannte in Kontakt und nicht zu vergessen waren da auch noch die vielen Arbeitskollegen, die man sich *zur Brust* nehmen konnte. Um sie auszuhorchen.

Ronny hatte trotz seiner fehlenden Freunde eine unheimlich freundliche und einnehmende Art sich mit Menschen zu unterhalten. Er konnte mit wenigen Worten das Vertrauen seines Gegenübers gewinnen. So gelang es ihm schnell an Informationen heranzukommen, ohne dass sein Gesprächspartner auch nur den Hauch einer Ahnung davon bekam, was Ronny mit diesen machte.

Ronny konnte verdammt freundlich fragen und noch besser zuhören. Er merkte sich dabei jedes Detail, bis er es in sein Büchlein geschrieben hatte. In der Kassette hinter dem Stein befanden sich schon einige dieser Heftchen.

Herr Paul war durch seine Angaben bereits um mindestens eine Stufe aufgestiegen. Diese Stufe brachte ihm mehr Ruhm und Geld, da waren die paar „Märkerchen" für Ronny nur ein Griff in die Portokasse.

***

1989

Diese Frau zitterte am ganzen Körper. Ihre Hände konnten die Armlehnen des Stuhls wegen der Kälte in ihren Knochen kaum umgreifen. Sie zitterten vor Angst und war dabei steif vor Frost. Die Frau saß nackt auf dem Stuhl. Der Raum war karg eingerichtet und nicht beheizt. Die Füße waren am Stuhlbein festgebunden und mit diesen stand sie in einem großen Wassertrog. Dieser war gefüllt mit kaltem Wasser, welches sich durch Eiswürfelzugabe sekündlich weiter abkühlte. Die Frau ließ ihren Kopf vor Schwäche nach vorn hängen. Dabei hingen ihre mittellangen brünetten Haare vor ihrem Gesicht. Gänsehaut übersäte ihren gesamten Körper. Ihre Lippen waren blau angelaufen und die Hautfarbe war längst nicht mehr rosig.

Vor ihr standen zwei Männer.

Der eine riss ihr das Klebeband, dass sie vor dem Mund hatte, mit einem Ruck ab.

„Willst Du uns jetzt etwas sagen, oder möchtest Du noch ein wenig baden?", lachte er. Der andere Mann sah sich das alles mit einem teilnahmslosen Gesichtsausdruck an. Er stand nur breitbeinig, aufrecht und ohne jede weitere Bewegung da und lachte nicht mit. Seine Augen hatten etwas Böses. Sie waren etwas zugekniffen und machten den Eindruck als würden sie nie blinzeln müssen.

Der Mann mit dem Klebeband streckte seinen Zeigefinger aus und hob damit den Kopf der Frau. Diese schaute ihn mit gebrochenem Augenaufschlag an.

„Also. Willst Du reden?"

Die Zähne klapperten, die Lippen wippten unkontrolliert auf und ab, ehe sie nichtssagend einmal mit dem Kopf nickte.

„Na geht doch. Mach sie los und bring sie in den Verhörraum".

„Wird gemacht Ronny".

Eine gute halbe Stunde später saß die Frau, die jetzt Häftlingskleidung trug, auf einem Stuhl im Vernehmungszimmer. Ihr Lippen und ihre Haut waren wieder halbwegs einer normalen Farbe angepasst. In ihrer Hand, die nicht mehr zitterte, hielt sie eine Tasse, in der sich heißer Tee befand.

Sie durfte sich, nachdem sie den „Kerker" verlassen hatte, warm abduschen und dann in diese graumelierten, eine Nummer zu großen, Sachen schlüpfen.

„Dann mal los. Was hast Du uns zu sagen, Fräulein Votze?"

„Mein Name ist nicht Votze, sondern Wulwa, Du Arschloch", dachte die Frau ehe sie sich dazu entschied besser doch nicht diese Worte zu benutzen.

„Ich habe nichts zu sagen", flüsterte sie.

„Achso, auf einmal nicht mehr. Du möchtest also wieder baden gehen, ja?", sagte Burkhard, der zweite Mann aus dem „Kerker", zur Verdächtigen.

„Nein, baden gehen wird sie nicht. Da kenn' ich noch viel schönere Dinge, die man mit ihr anstellen könnte", sagte Ronny.

Im Kopf von Burkhard gingen die Gedanken los. Sofort fielen ihm lauter sexuelle Spielchen ein, die er gern mit dieser Frau gemacht hätte. Er sprach diese jedoch nicht aus.

Ronny hatte jedoch nicht solche Gedanken. Diese wären für die Frau vielleicht noch schön gewesen. Nein, er konnte noch ganz anders.

„Pass auf, wenn Du nicht reden willst, wirst Du eine andere Seite von mir kennen lernen. Willst Du mehr von mir erfahren? Dann lass Deinen Mund jetzt für eine Minute geschlossen, oder fange endlich an zu reden. Ich habe so langsam die Faxen dicke mit Dir", rief Ronny ihr zu und setzte sich dabei provokativ mit weit geöffneten Augen auf den Stuhl ihr gegenüber. Die 41-Jährige Frau blickte auf den Boden und schwieg. Seinen starrsinnigen Blick konnte sie trotzdem vernehmen. Er bohrte sich in ihre Stirn ein und vermochte beinahe ein Tattoo daraus zu machen.

Sie war beschuldigt worden, ihre noch minderjährige Tochter beim Fluchtversuch geholfen zu haben. Die 17-Jährige hatte mit ihrem Freund, einem Sportskameraden, bei einem Auswärtsturnier ihrer Leichtathletikmannschaft in Ungarn die Grenze zu Österreich überwunden und gelangte von dort aus in die Bundesrepublik. Die Mutter soll dabei eine große Rolle gespielt haben. Welche, wollten die beiden Polizisten jetzt herausfinden. Frau Wulwa saß bereits seit knapp drei Wochen hier im Gefängnis, doch erst heute wurde sie diesen beiden speziellen Beamten zur Vernehmung vorgeführt.

Sie wollte, dass es ihrer Tochter und deren Freund einmal besser gehen sollten. Sie, Magdalena Wulwa, hatte in der DDR keine gute Zeit. Ihr damaliger Freund verließ sie, als sie schwanger wurde. Damit begann für sie der Anfang vom Ende. In ihrem Dorf, in das sie nur durch die Liebe zu ihrem Freund gezogen war und dadurch alle früheren Bekannten und Freunde in einer weit entfernten Kleinstadt zugelassen hatte, wurde sie fortan nur noch als Schlampe behandelt. Anfangs bekam sie das nicht so mit. Aber mit der Zeit merkte sie es dann immer mehr. Die Leute im Dorf sprachen schlecht über sie, obwohl sie direkt danebenstand. An der Konsumkasse, im Pausenraum auf ihrer Arbeit. Niemand kannte sie wirklich, aber alle zerrissen sich das Maul über sie. „Hast Du schon gehört. Die Magda hat ihren Freund betrogen. Jetzt sitzt sie ganz alleine mit dem Kind hier fest. Wer weiß, ob es wirklich von Karsten ist. Der Ärmste, wo er doch alles für sie getan hat. Sie ist so ein Miststück", war noch eines der freundlichen Worte, die sie mitbekam.

Wenn die Menschen nur richtig hingesehen hätten, hätten sie gesehen, dass es gar nicht so war.

Karsten mochte in der Zeit, in der seine Freundin schwanger war, nicht gern mit ihr schlafen. Bei einem Diskobesuch mit Freunden, ohne Magdalena, hat er dann im betrunkenen Zustand mit einer Anderen rumgemacht und ist dann immer wieder mit ihr ausgegangen um schließlich bei ihr zu bleiben. Er war eigentlich der Scheißkerl und nicht sie das Miststück, aber davon wusste keiner im Dorf. Dort ging die Legende vom betrogenen Karsten umher, der dann in die Arme einer Anderen getrieben wurde.

„Wie konnte er es auch nur weiter mit so einer aushalten, die ihn schwanger betrog? Einfach nur ekelhaft. Er musste gehen, da gibt es keine zwei Meinungen", war ein anderer Kommentar aus dem Dorf.

Magdalena zog ihre Tochter ohne fremde Hilfe auf. Die vielen Jahre waren sehr schwer, aber irgendwie schaffte es die junge Frau sich gegen alle Unwürdigkeiten aus dem Dorf durchzusetzen. So ging sie einem Job als Fabrikarbeiterin nach, von dem sie, mit ihrem Kind, mehr schlecht als Recht leben konnten. Das Gerede über sie überhörte sie einfach. Bis Tanja, ihre Tochter, in die Schule kam, beruhigte sich das Dorfgespräch auch allmählich.

Von Karsten hörte sie nie wieder etwas. Er heiratete später seine Affäre und bekam auch mit ihr ein Kind. Natürlich sahen sich die Beiden schon mal im Dorf, aber mehr als nur Augenkontakt gab es da nicht.

Magdalena versuchte ihrer Tochter immer eine gute Mutter zu sein. Sie sparte, wo sie nur konnte, vom wenigen Lohn, um Tanja viele Unternehmungen oder Dinge kaufen zu können. Ein Zoo- oder Kinobesuch, ein gebrauchtes Fahrrad, ein

Puppenhaus... es gab so viele Wünsche, die die Kleine hatte. Natürlich konnten nicht alle erfüllt werden, das wusste Tanja, aber sie wusste auch, dass ihre Mutter für sie das Beste wollte und alles für sie tat, was in ihrer Macht stand. So entwickelte sich von klein auf ein sehr gutes Mutter-Tochter-Verhältnis. Tanja wuchs behütet auf und konnte mit ihrer Mutter über alles reden. Sie haben viel gelacht aber auch viel durchgemacht.

Ein Wegzug aus dem Dorf war aus finanziellen Gründen nie in Betracht gekommen. Die kleine Wohnung und die Arbeitsstelle waren ebenfalls ein Grund nicht von hier wegzugehen.

Im Alter von fünf Jahren begann Tanja in einem Leichtathletikverein zu trainieren. Das sie dabei großen Spaß hatte, ließ sie ihre Mutter jedes Mal spüren, wenn sie sie abgeholt hatte. Manchmal bleib Magdalena für ein gesamtes Training über in der Halle, um ihrer Tochter und den anderen Kindern zuzusehen.

Jetzt war sie bereits 17 Jahre und galt als eines der größten Talente der DDR. Bei Wettkämpfen gewann sie eine Trophäe nach der anderen. Im Einzel sowie im Kombinat mit der Mannschaft machte Tanja immer weitere Fortschritte. Jedoch ließ man sie nie zu Auslandsmeisterschaften fahren, obwohl sie dort gute bis sehr gute Chancen gehabt hätte, Medaillen für das Land zu holen.

Magdalena verstand das nicht und war schon seit einiger Zeit im Kontakt mit dem Sportvorstand und den Landesverbänden und diskutierte dort darüber, warum ihrer Tochter dieser Schritt verwehrt blieb. Aber sie bekam ständig belanglose Antworten zu hören.

Auf DDR-Meisterschaften konnte Tanja fast jeden Titel holen, aber ein Länderkampf durfte sie nie bestreiten. Bis zwei

Wochen vor der Hallen-Europameisterschaft, die in Ungarn stattfinden sollte.

Nachdem die Mutter dieser talentierten jungen Frau über Monate hinweg für das sportliche Weiterkommen ihrer Tochter gekämpft hatte, kam nun ein entscheidender, tragischer, Zufall ins Spiel.

Viele Tränen flossen über Tanjas Wangen, weil sie nie zu den ganz großen Turnieren mitdurfte. Viel Wut und Enttäuschung über ihren Trainer, dem Verband und auch dem Staat machten sich breit. Sie war so erfolgreich und durfte trotzdem nie zu den Top-Turnieren fahren. Magdalena wusste auch bald keinen Rat mehr, wie sie es noch bewerkstelligen könne, dass ihre Tochter weiterkam.

Jetzt kam ganz überraschend eine Delegation aus Sportfunktionären und Minister, ins kleine beschauliche Dorf. Das Großaufgebot füllte fast eine Hälfte des Sportplatzes, auf dem gerade Tanja mit ihren Sportkameraden, auf der anderen Hälfte des Platztes, im Kreis standen um sich für das bevorstehende Training aufzuwärmen. Der Trainer wurde herbeigerufen und nach kurzer Zeit auch Tanja hinzu gebeten.

Ein Aufschrei ging über das Sportfeld. Die Mannschaft aus jungen Frauen und Männer, die noch immer mit Stretchen und Dehnen beschäftigt waren, hörten damit auf und blickten in Richtung Tanja. Einer von ihnen wusste sofort was wohl geschehen war.

Stefan, der Freund von Tanja, lief auf die Menschenmenge zu, um herauszufinden, ob sein Gedanke, welcher es Tanja endlich ermöglichen würde an einem großen Turnier teilzunehmen, wahr wäre.

Stefan war bereits ein Kandidat für diese Europameisterschaften.

Tatsächlich bestätigte sich sein Verdacht und er durfte seine, über das gesamte Gesicht strahlende, Freundin in seine Armen schließen.

Magdalena, die ebenfalls am Rande des Platzes stand, kam schnellen Schrittes auf die Beiden zugelaufen und freute sich mit dem Liebespaar.

Als sich die Gemüter wieder halbwegs beruhigt hatten, liefen Tanja und Stefan zur Mannschaft und Magdalena sprach mit den Funktionären.

Nur zwei Tage später saß Tanja mit ihrer Mutter am Frühstückstisch und beide unterhielten sich über sie Zukunft. Tanja erzählte von ihren Träumen, ganz groß rauskommen zu wollen. Sie wollte dieses bevorstehende Turnier in Ungarn als Europameisterin verlassen und dann zu einer Weltmeisterschaft.

„Hmm, mein Kind. Ich weiß nicht wie ich es Dir sagen soll, aber…".

„Was ist los Mama? Was weißt Du, was ich nicht weiß?".

„Also Tanja…das ist so. Ja, also…Du wirst nur für diese Europameisterschaft zugelassen. Danach bist Du wieder die talentierte Sportlerin, die Du jetzt bist", stammelte Magdalena.

„Hä, wie jetzt? Kannst Du mir das bitte etwas näher erklären?

„Ja also…", stotterte die Mutter weiter. „…als Du vorgestern wieder zurück zu Deiner Mannschaft gingst, habe ich noch mit diesem Typen gesprochen, Du weißt schon, der mit der Glatze…".

„Ja und? Erzähl weiter".

„Ja, lass mich doch eben mal Luft holen. Also, der hat gesagt, dass sich eine Sportlerin aus Jena, die wohl für das Turnier qualifiziert war schwer verletzt habe. Und weil Du halt in diesem Jahr zweite der DDR-Meisterschaften warst, sollst Du für sie einspringen".

„Und danach?

Darf ich dann nur wieder an DDR-Meisterscha...", Tanja konnte nicht weiterreden. Tränen der Enttäuschung flossen aus ihren schönen Augen.

„Ja, so sieht es wohl aus. Aber ich habe nun zwei Tage Zeit gehabt um mir etwas zu überlegen. Ich weiß wie gern Du Deinen Sport machst und wie sehr Du dafür trainierst und Dich abschuftest, damit Du erfolgreicher wirst. Aber ich glaube in diesem Land kannst Du das vergessen."

Verschnupft und verheult fragte Tanja: „Was soll das heißen...nicht in diesem Land? Du meinst ich soll...? Nein, Mama, auf keinen Fall. Schon gar nicht ohne Stefan...und was ist mit Dir?"

„Mach Dir um mich keine Sorgen. Ich komm schon zurecht. Hauptsache Dir geht es gut. Ich kann nicht mehr mit ansehen wie Du Dich aufreibst für Deinen Sport und doch nicht vorankommst. Nutze diese Hallenmeisterschaften um zu fliehen. Ich werde Dir so gut es geht helfen. Wenn es sein muss nimm Stefan mit. Dann habt ihr vielleicht eine gemeinsame Zukunft. Aber die DDR wird Dich nicht weiter unterstützen. Es liegt wohl an meiner Vergangenheit. Mit der hast Du nichts zu tun. Guck nur auf Dich und sorge für Deine Zukunft. Ich weiß sonst keinen anderen Weg. Du musst hier raus. Verstehst Du was ich meine?".

Eine Weile war es ruhig am Tisch.

„Mama, ich kann Dich nicht alleine lassen".

„Oh doch. Das kannst Du. Du wirst bald 18 und verlässt mich sowieso in näherer Zukunft. So ist nun mal der Lauf der Zeit. Kinder werden Erwachsen und ziehen in die große weite Welt. Unsere Welt endet jedoch an dieser scheiß Mauer. Hüpf drüber oder geh Richtung Osten. Eine andere Alternative hast Du nicht. Ich hatte damals nicht den Mut dazu, aber ich weiß, dass Du ihn hast. Denk bitte mal darüber nach. Und sprich mit Niemanden darüber, außer vielleicht mit Stefan. Mit meiner Hilfe kannst Du jederzeit rechnen.

Am zweiten Abend der Meisterschaften (3.-5. März 1989 - Hallen-WM in Ungarn) fuhr Magdalena mit ihrer Tochter und dessen Freund von Budapest bis an die Grenze, die Ungarn von Österreich trennt. Als die beiden Verliebten den Warschauer Pakt-Wall überwunden und somit auf NATO-Gebiet standen ergriffen ungarische Soldaten die am Zaun zurückgebliebene Frau, die sich ohne Gegenwehr festnehmen ließ.

Tanja schrie die Beamten an, aber diese ließen sich davon nicht beeindrucken. Sie ließen ihre Mutter nicht wieder los. Das junge Pärchen musste nun ohne weitere Hilfe allein weiter gehen. Im nächstgelegenen Ort gingen sie zur Polizei und wurden dort als Übersiedler wenige Stunden später in die Bundesrepublik Deutschland gebracht.

Jetzt, einige Wochen später, musste Magdalena, diesen sogenannten Volkspolizisten der DDR, Rede und Antwort stehen. Reden wollte sie nicht und antworten schon mal gar nicht. Sie freute sich innerlich nur, dass es ihre Tochter geschafft hatte und nun hoffentlich ein besseres Leben in der Bundesrepublik verbringen wird.

Das sie nun dieser Tortur ausgesetzt sein würde, damit hatte sie nicht gerechnet, weil sie es sich nicht gedacht hatte festgenommen zu werden. Aber für das Wohl ihrer Tochter, ließ sie es über sich ergehen.

Was sollte sie den Beamten sagen?

Das es ihre Tochter besser hatte in der BRD, weil man ihr dort größere Aufstiegsmöglichkeiten anbieten würde, als in der DDR. Ja vielleicht schafft sie es sogar Weltmeisterin zu werden.

Der Arbeiter- und Bauernstaat, der so viel für sein Image tat und es liebte, wenn er sich mit Großtaten seines Volkes schmücken konnte, aber nur wenn es staatsdienliche Menschen waren.

Sollte sie sagen, dass Tanja in diesem beschissenen Staat keine Zukunft hatte?

Nein, sie ließ diese Gedanken nur in ihrem Kopf umhergeistern. Sie auszusprechen fiel ihr nicht ein.

„Au. Verdammt das tut weh", schrie Magdalena, als Ronny ihr ihren Mittelfinger der rechten Hand nach oben bog. Er war zuvor langsam von seinem Stuhl aufgestanden und stand nun neben sie. Er tat so, als wolle er ihr zärtlich über die Hand streicheln, doch dann ergriff er mit schnellen Fingern ihren Mittelfinger und bog diesen, für sie sehr schmerzvoll, nach oben.

„Rede jetzt, sonst tut es gleich noch mehr weh".

„Ronny, bitte…", kam ein Einwand von Burkhard. Doch dieser schaute seinem Dienstjüngeren Kollegen böse ins Gesicht und schüttelte mit dem Kopf.

„Lass mich mal machen, gleich redet die Schlampe. Sei ruhig, guck zu und lerne", gab er dann mit einem hässlichen Lachen wieder.

Er hatte den Mittelfinger der Frau nun fest in seiner Faust. Mit hartem Griff, als würde er einen Hammer am Schaft festhalten, neigte er ihren Finger immer weiter Richtung Handgelenk. Magdalena fing erneut an zu schreien. Es schossen Tränen aus ihren Augen. Der Schmerz wurde immer unerträglicher. Als sie das Gefühl hatte, dass ihr Finger bereits um 180 Grad nach hinten gebogen worden sei, hörte der Schmerz abrupt auf. Ronny hatte von Null auf Hundert den arg gebeutelten Finger losgelassen und griff nun mit seiner anderen Hand in das Haar der Frau. Als er sich gut eingewühlt hatte, zwirbelte er ein Haarbüschel zu einem Zopf um einen besseren Halt zu bekommen.

„Redest Du jetzt?".

Sie weinte und konnte nicht antworten. Die salzige Flüssigkeit aus ihrem Auge floss von den Wangen direkt zu ihrem Mund, sodass sie unweigerlich ihre Tränen auf den Lippen hatte.

Mit einem heftigen Knall landete ihr Kopf auf dem Schreibtisch.

Und noch einmal.

Und noch einmal.

Die fehlende Körperspannung und die immense Kraft des Mannes, der ihren Kopf dreimal auf die Tischplatte schnellen ließ, ließen der schwachen Frau keine Chance sich dagegen zu wehren.

Benommen und verheult, mit einer immer größer werdenden Beule auf der Stirn, sah sie ihren Peiniger an.

„Sie haben gewonnen", kroch nun sehr leise aus ihrem Mund.

Mit einem noch breiteren Lachen, als es eben schon der Fall war, beugte sich Ronny zu ihr herunter und fragte übertrieben höflich: „Wollen wir jetzt miteinander reden?".

Sie nickte.

„Gute Entscheidung".

Er ließ von ihr ab und setzte sich wieder an den Tisch auf der anderen Seite.

Sie erzählte ihm, in oft unverständlichen Worten, schluchzend vom Leben ihrer Tochter und wie es dann zur Flucht kam. Die beiden Männer sagten dabei kein Wort.

Burkhard kramte einen Notizblock und einen Bleistift aus der Schreibtischschublade und schrieb alles mit.

„Na geht doch. War doch gar nicht schwer, oder?", fragte Ronny, als er meinte das Magdalena mit ihrer Aussage fertig war. Dazu ließ er nach ihrem letzten Wort extra eine dreiminütige Pause, um ganz sicher zu gehen, dass von ihr nichts mehr kam.

Während dieser Zeit betrachtete er die Frau gegenüber genau. Er sah wie sich diese nervös und sicher noch immer voller Schmerz an ihrem Mittelfinger rieb. Außerdem schlugen ihre Augenlider häufiger als gewöhnlich oft auf und zu. Sie traute sich kaum dem Mann am anderen Ende des Tisches in die Augen zu schauen.

„Warum sagt er nichts? …Verdammt, hoffentlich ist der Finger nicht gebrochen… Ich bin fertig… Sagen sie was… Der muss doch gemerkt haben, dass ich fertig bin… Soll ich sagen, dass ich fertig bin?", dachte Magdalena in diesen Momenten.

Ohne weitere Worte wurde sie wieder in ihre Einzelzelle gesperrt, um drei Stunden später wieder am gleichen Tisch Platz zu nehmen. Dort wurde ihr das Vernehmungsformular vorgelegt. Sie sollte es sich durchlesen und dann unterschreiben.

„Aber, das habe ich gar nicht so gesagt".

„Unterschreiben", befahl Ronny.

So unterschrieb Magdalena ohne weitere Kommentare das nicht wahrheitsgemäße Protokoll. Danach landete sie wieder in ihren kleinen Raum.

In der Zelle befanden sich eine Liege, ein kleiner Tisch und ein Hocker. Alle Möbel waren jeweils auf dem Boden oder an der Wand befestigt. In einer Ecke stand eine Toilette ohne Deckel und Brille. Daneben ein winziges Waschbecken und aus der Wand kam ein Wasserhahn, aus dem nur kaltes Wasser floss. Das Toilettenpapier schien aus Schmirgelpapier zu sein und war als Rolle in einem an der Wand montiertem Behälter, der nur eine Einzelentnahme der Blätter zuließ.

Kein Schrank, also auch keine Kleidung. Nur die, die sie am Leib trug.

Kein Fenster.

Keine Uhr.

Kein Fernseher.

Keine persönlichen Dinge.

Kein Radio.

Und, keine Ruhe.

Das Licht ging ständig an und aus.

Immer wieder kam ein Wärter und klopfte an die Tür. Das bedeutete, dass sie sich mit dem abgewandten Gesicht an die Wand gegenüber der Tür hinstellen musste. Durch einen kleinen Spion in der Eisentür wurde dann überprüft, ob der Befehl ausgeführt wurde. Dies geschah in unregelmäßigem Abstand, genau wie die Essensausgabe.

Dies war Ronnys letzter Fall, bevor er seinen Dienst im April 1989 in dieser Abteilung quittierte. Es war noch einer von der Sorte „harmlos". Er konnte noch viel grausamer sein.

Irgendjemand aus dem Ministerium hatte für Magdalena die Todesstrafe gefordert, konnte sich aber zum Glück, für die Frau, nicht durchsetzen. Nur Ronnys Überredungs- und Verhandlungskünste war es zu verdanken, dass ihr diese Strafe erspart blieb. Monate oder gar noch eine Woche vorher wäre er mit Sicherheit nicht für diese Frau in die Bresche gesprungen.

Das war der Zeitraum, indem Ronny das Denken über sich und seine Zukunft anfing. Indem er für sich erfuhr, was sein Job für Auswirkungen auf Andere haben konnte. Ja, er hatte schon viele Menschen gequält und gefoltert, aber das dabei einer zu Tode komme konnte, das wollte er nicht.

Auf seinen Wunsch wurde Ronny dann, bald darauf, zu den Redenschreibern versetzt. Er schrieb schon immer gern Reden für alle möglichen Anlässe.

So hatte er sich auch schon des Öfteren mit dem Staats- und Parteichef getroffen und gemeinsam mit ihm Ansprachen und Vorträge vorbereitet. So schrieb er auch die, die Erich Honecker am 19. Januar 1989 auf einer Tagung im

Ost-Berliner Staatsratsgebäude verkündete. In dieser ließ Honecker keinen Zweifel aufkommen, dass es die Mauer nicht noch länger geben würde.

" ... Die Mauer wird so lange bleiben, wie die Bedingungen nicht geändert werden, die zu ihrer Errichtung geführt haben. [...]

Mit dem Bau des "antifaschistischen Schutzwalls" 1961 ist die Lage

in Europa stabilisiert worden. [...]

„Die Mauer wird in 50 und auch in 100 Jahren noch bestehen bleiben,

wenn die dazu vorhandenen Gründe nicht beseitigt sind."..."

<u>Quelle:</u> www.mdr.de/damals/archiv/zeitstrahl/artikel84266.html

Bald darauf bekam er den Auftrag eine weitere Rede für Erich Honecker zu schreiben, die dieser am 40. Geburtstag der Republik vortragen sollte. Ronny war sehr stolz darauf, für diese Worte ausgesucht worden zu sein.
Am 07. Oktober 1989 verlas Erich Honecker dann seine Worte.

„Liebe Freunde und Genossen!

Verehrte ausländische Gäste! Meine Damen und Herren des diplomatischen Korps!

Vor 40 Jahren wurde der erste sozialistische Staat auf deutschem Boden, die Deutsche Demokratische Republik, gegründet.

Jeder, der das Glück hatte, an diesem historisch bedeutsamen Ereignis beteiligt zu sein, denkt nicht ohne Bewegung an die Tage zurück, in denen die Arbeiter und Bauern im Bunde mit der Intelligenz und allen Werktätigen im wahrsten Sinne des Wortes ihre Macht errichteten.

Im Westen, wo das Potsdamer Abkommen mit Füßen getreten wurde, war, ohne das Volk zu fragen, ein Separatstaat entstanden. Dort wurde die Restauration der alten Gesellschaft in Gang gesetzt, der Aufbau einer neuen Wehrmacht mit den alten Generälen für die NATO vorbereitet. Die Vergangenheit blieb unbewältigt.

Heute ist klarer denn je: Die Gründung der Deutschen Demokratischen Republik [...] war geradezu eine geschichtliche Notwendigkeit. [...]

Allen sei gedankt, die durch ihre Tatkraft, ihr Engagement, ihre Leistungen unseren sozialistischen deutschen Friedensstaat zu dem werden ließen, was er 40 Jahre nach seiner Gründung ist – ein Grundpfeiler der Stabilität und Sicherheit in Europa. [...]

Gerade zu einer Zeit, da einflussreiche Kräfte der BRD die Chance wittern, die Ergebnisse des Zweiten Weltkrieges und der Nachkriegsentwicklung durch einen Coup zu beseitigen, bleibt ihnen nur erneut die Erfahrung, dass an diesen Realitäten nichts zu ändern ist, dass sich die DDR an der Westgrenze der sozialistischen Länder in Europa als Wellenbrecher gegen Neonazismus und Chauvinismus bewährt. An der festen Verankerung der DDR im Warschauer Pakt ist nicht zu rütteln. Wenn der Gegner derzeit in einem noch nie gekannten Ausmaß seine Verleumdungen gegen die DDR richtet, dann ist das kein Zufall.

In 40 Jahren DDR summiert sich zugleich die vierzigjährige Niederlage des deutschen Imperialismus und Militarismus. Der Sozialismus auf deutschem Boden ist ihm so unerträglich, weil die vordem ausgebeuteten Massen hier *den Beweis erbringen, dass sie fähig sind, ihre Geschicke ohne Kapitalisten selbst zu bestimmen. [...]*

Auch im fünften Jahrzehnt wird der sozialistische Staat der Arbeiter und Bauern auf deutschem Boden durch sein Handeln zum Wohle des Volkes, durch seinen Beitrag zum Frieden, Sicherheit und internationaler Zusammenarbeit ständig neu beweisen, dass seine Gründung im Oktober 1949 ein Wendepunkt war in der Geschichte des deutschen Volkes und Europas. Es lebe der 40. Jahrestag der Deutschen Demokratischen Republik!

Quellen:

www.geschichte-abitur.de/quellenmaterial/quellen-teilung-brd-ddr/rede-honeckers-zum-40-jahrestag-der-ddr;

Neues Deutschland, Organ des Zentralkomitees der Sozialistischen Einheitspartei Deutschlands (SED), vom 9.10.1989, Seite 3f.

Diese Aufgabe wurde mit einem großen Orden prämiert und von Erich persönlich überreicht. Aber an diesem Abend der Übergabe, eine Woche bevor Erich Honecker diese Worte vor breitem Publikum vortrug, ging etwas Seltsames in Ronnys Kopf vor. An diesem 30. September 1989, einem Samstag, merkte er, nicht mehr wirklich dazu zu zugehören. Dieser Orden an seiner Uniform war nur ein Stück Blech, das ihm ganz plötzlich nichts mehr bedeutete. Er fühlte sich plötzlich nicht mehr wohl in seiner Haut. Alle Menschen um ihn herum waren gut gelaunt und kamen auf Ronny zu, um ihm zu gratulieren. Aber wofür eigentlich? Für diese verlogenen Worte. Jetzt erst begriff er, was er da für Erich geschrieben hatte.

Als er letztes Jahr im Dezember 1988 und jetzt vor wenigen Wochen, an seinem Schreibtisch saß und diese Worte schrieb, war er noch mit großem Elan und überschwänglicher Hingabe dabei. Stand mit vollster Überzeugung hinter seinem Parteichef und der DDR.

Aber genau in diesem Augenblick, dem wahrscheinlich größtem seines Lebens, erkannte er, für sich, etwas falsch gemacht zu haben. Gedanken an früher kamen in ihm hoch. Wie glücklich er doch mit Monika und Peggy war. Aber diese Arbeit bei der Stasi und dann die Position als Oberst hatte ihn schwer verändert.

Und dann kam ihm eine wahnsinnige, vielleicht bahnbrechende oder weltverändernde Idee. Sie würde nicht nur seine Zukunft ändern, sondern das Leben vieler Menschen.

***

Die Glocken läuteten im Drei-Sekunden-Takt. Vom Himmel fiel ein leichter Nieselregen. Es war windstill und man konnte nur das Klappern der Absätze und das Schlurfen der Schuhe über dem asphaltierten Weg hören. Die Trauergemeinde lief hinter dem Sarg von Peggy hinterher, der auf einem Rollwagen platziert war und von sechs Männern in schwarzen Anzügen begleitet und geschoben wurde. Ronny hatte nicht die Kraft einer dieser Männer zu sein. Er ging mit seiner Frau einige Schritte hinter dem Wagen.

An einem kleinen Abzweig des breiten Weges bog der Pfarrer, der voran ging, auf einen mit Kies ausgelegtem Pfad ein. Nur noch wenige Schritte und man war an der Stelle, an der Peggy gleich ihre letzte Ruhe finden sollte.

Peggys letzten Wille zufolge, trugen die meisten der fast 80 Personen schwarze Kleidung, wobei es auch ihr Wunsch war, dass jeder auch etwas Farbiges dabeihaben sollte. Peggy wollte keine rein schwarze Beerdigung.

So trugen viele Freunde und Bekannte ein buntes Halstuch, oder die Frauen eine farbige Handtasche. Einer kam mit knallgelben Socken, die er dadurch zu Geltung brachte, indem er in einer Hochwasserhose kam.

Eben in der Kapelle spielte auch keine übliche Trauermusik, außer der, die von der Orgel kam. Es war natürlich auch keine Tanzmusik, aber eben auch nicht die Musik, die man sonst auf Beerdigungen zu hören bekam.

Insgesamt war es eine ruhige, dem Moment und der Situation angepasste, stimmungsvolle und durch Peggys Wunsch farbenfrohe Beisetzung.

Bei einem späteren Kaffeetrinken in der Dorfschänke sprach Ronny allen seinen und Monikas Dank für die Beileidsbekundungen aus.

Auch dankte er für die Hilfsbereitschaft der vielen Nachbarn, der Freunde und aus der Familie.

Unter Tränen las er dann einen von Peggy, zu Lebzeiten, verfassten Brief vor. Es sollte niemanden in der Kneipe gelingen, keine Tränen zu verlieren.

***

In den nächsten Tagen gingen Monika und Ronny nicht vor die Tür. In völliger Trauer und unter ständiges Seufzen und Weinen saßen beide apathisch auf irgendwelchen Sitzgelegenheiten oder lagen im Bett oder auf der Couch. Jedoch waren beide stets getrennt voneinander. Monika konnte ihrem Mann nicht nahekommen.

In der Kirche, bei der Beerdigung, saßen sie das letzte Mal gemeinsam nebeneinander. Selbst ein gemeinsames Frühstück oder ein Mittagessen konnte Monika nicht über sich ergehen lassen. Sie bereitete das Essen vor, gegessen wurde dann aber getrennt. Ein Zustand, den es so noch nie bei den Sommers gegeben hatte.

Darüber dachte Ronny gerade nach, als er wie so oft in den letzten Tagen vor der Flimmerkiste saß und sich mit irgendeinem unsinnigen Programm die Langeweile und die Trauergedanken aus seinem Kopf spülen wollte. In einer Dokumentation sprang gerade ein Krokodil aus dem Wasser und versuchte, mit weit geöffnetem Maul, einen vorbeifliegenden Vogel zu fangen, als Ronny sich mit beiden Händen auf den Sesselarmlehnen abstützte und sich in die

Höhe katapultierte. Dann bückte er sich nach der Fernbedienung, die auf dem Tisch lag und machte das Gerät leise. Langsam schlürfte er in die Küche. Er öffnete den Kühlschrank und nahm sich aus der Tür die angefangene Milch heraus, hielt sie an seinen Mund und trank. Als er den vierten großen Schluck noch nicht ganz runtergeschluckt hatte fragte Monika, die auf dem Stuhl am Küchentisch saß: „Muss das sein?".

Ronny hatte seine Frau beim Hereinkommen nicht bemerkt und so war er sehr erschrocken ihre Stimme zu hören. Genau aus diesem Grund verschluckte er sich und ließ die im Mund verbliebene Milch schlagartig nach vorn frei.

Weil er sich so schnell er konnte eine Hand vor den Mund hielt, verhinderte er, dass die volle Ladung aus seinem Mund wieder dahin zurückkehrte, wo sie gerade herkam. Aus dem Kühlschrank. Ein Großteil der Milch landete auf Umwegen auf seinem T-Shirt.

Monika fing herzhaft an zu lachen. Ihr noch völlig verdutzter Mann sah sie an und musste bald darauf mitlachen. Sie sprang auf, ging immer noch kichernd zu einem Küchenschrank und holte ein Handtuch aus einer Schublade. Damit ging sie auf Ronny zu und versuchte ihm das Shirt trocken zu tupften.

„Gib mal her Du Küchengeist. Ich mach' das selbst. Nu, sie Dir das an. Ich mach das gleich sauber, Schatz. Ich habe Dich im Schlafzimmer vermutet. Mensch hast Du mich erschreckt", sagte Ronny und zeigte dabei auf die Fächer im Kühlschrank.

Dieser kleine Vorfall war der Startschuss für einen redseligen Abend. Zunächst machte Ronny wie versprochen den Kühlschrank sauber, wobei ihm Monika tatkräftigst zur Seite stand, dann setzten sie sich an den Küchentisch und redeten und redeten.

Jedoch fiel nicht einmal der Name ihrer Tochter.

Als wenn nichts geschehen wäre, sprachen sie von längst vergangenen Tagen und so verging die Zeit schneller als noch vorhin von Ronny gedacht. Er war sich vorhin sehr sicher, dass er bis zum Tode des Krokodiles vor dem Fernseher hätte verbleiben müssen. Bevor er sich aus dem Sessel erhob dachte er darüber nach, wie alt so ein Tier werden könne. Eine genaue Zahl schwirrte ihm dabei nicht im Kopf herum, aber das so ein Urzeitvieh alt werden konnte, das wusste er.

Plötzlich war es auf einmal still.

Monika griff nach den Händen von Ronny und der drückte diese liebevoll. Dabei sahen sie sich an.

Etwa vier Minuten sagte und regte sich keiner der beiden.

Dann brach Ronny das Schweigen: „Ich liebe Dich".

Monika liefen nun ein paar Tränen die Wange herab.

„Ja, es ist gut so. Du darfst weinen Moni. Ich weiß, ich habe viel zu wenig geweint, aber…".

„Sag nichts, Ronny".

Wieder war es ruhig.

Eine Weile später, saßen sie im Wohnzimmer auf der Couch und sprachen über die Themen Beerdigung und Danksagungskarten. Das Fernsehgerät schaltet Ronny vorher aus. Zündete eine Kerze an und stellte sie auf den Tisch.

Draußen war es schon dunkel geworden. Nur das Licht der kaum flackernden Kerze, die in einem Glasbehälter stand, erhellte den Raum. Lange redeten sie miteinander, bis Monika zu müde war und beide ins Bett gingen. Diesmal ins gemeinsame Ehebett. Die Tage zuvor schlief Ronny meist auf der Couch.

***

Fünf Wochen nach der Beerdigung rief Oliver an. Monika sprach mit ihm am Telefon über ihren Gemütszustand und über die Situation zu Hause. Ronny war gerade erst in ein Taxi gestiegen um zu einem Skatabend mit seinen Kumpels zu fahren. Diese ließen ihm keine Ruhe, fragten immer wieder an und so sagte er letzten Endes zu. Das hörte Oliver gern. Er fragte, ob er vorbeikommen könne. Er würde gern mit Monika etwas besprechen. Diese bejahte seine Frage und legte das Mobilteil auf die Basis.

„Was möchte er denn von mir? Es kann doch nur um Peggy gehen. Ich darf bloß nicht weinen, nicht vor Oliver. Das wäre mir sehr peinlich", dachte Monika.

Sie versuchte sich, bis es wenige Minuten später an der Tür klingelte, vorzustellen, was Oliver mit ihr zu besprechen hätte. In ihrem Kopf wechselte eine Frage die Nächste und sie legte sich schon einige Antworten zurecht.

Doch dann kam alles ganz anders als von Monika gedacht.

Nach ein wenig Smalltalk und einem halben Glas Rotwein, schnaufte Oliver kurz durch, befeuchtete mit seiner Zunge seine Lippen und wollte gerade loslegen, als das Telefon klingelte. Monika reagierte sofort und lief zum Hörer.

Oliver wurde in dieser Zeit ein wenig blass um die Nase. Sollte er es ihr wirklich sagen, was er vor ein paar Tagen herausgefunden hatte? Konnte er so kurz nach dem Verlust der Tochter ein solches Thema ansprechen? Er war sich auf einmal nicht mehr so sicher, wie er es noch vor dem Telefonat war.

„Hey, Oliver. Dafür bist Du hierhergekommen. Du wolltest unbedingt mit Monika reden. Also raus damit", sprach eine innere Stimme zu ihm.

Tief in seiner Brust pochte sein Herz und er wusste, er kann es nicht länger verschweigen. Er hätte schon vor über einer Woche herkommen wollen, als er es erfahren hatte. Aber da dachte er, es würde noch zu früh sein. Peggy war doch erst seit kurzem nicht mehr da und er könne es Monika nicht auch noch antun, ihr davon zu erzählen. Heute fasste er allen Mut zusammen und rief Monika an.

Er konnte nicht länger warten. Es konnte nicht länger warten!

Oliver war so froh zu hören, dass Ronny wahrscheinlich für eine Weile nicht da sein würde. So war die Chance jetzt da, mit ihr allein darüber zu reden.

Es musste heute sein. Es musste jetzt sein.

„Hach, das war ein komischer Anruf. Jemand wollte Ronny sprechen, aber nicht sagen wer er ist und worum es geht. Möchtest Du noch ein Glas Wein?".

„Ja, gern Monika".

Sie nahm die Flasche und schüttete die Gläser dreiviertelvoll. Dann gab sie Oliver sein Glas und sie stießen an.

„Prost".

Oliver nippte an seinem Glas und Monika setzte sich ihm gegenüber in den Sessel.

„So, mein Junge, was kann ich für Dich tun. Ich bin schon ganz neugierig, was Du so Geheimnisvolles von mir wissen möchtest, was man nicht am Telefon hätte auch beantworten können. Also nicht das ich mich nicht freue Dich hier zu haben, so habe ich das nicht gemeint".

„Nein, ist schon gut, ich habe es so verstanden, wie Du es gemeint hast. Ja, also Monika, das ist nicht ganz einfach..."

„Schluss jetzt mit der Monika, nenn' mich bitte Moni, ja?".

„Ok, Moni. Danke. Wenn Du möchtest darfst Du mich auch Olli nennen".

„Also Olli dann schieß mal los".

Hätte Monika gewusst was jetzt kommt, hätte sie sicher nicht so herzhaft gescherzt und gelacht.

„Nee, nee, das kann ich mir nicht vorstellen. Redest Du da wirklich von Ronny? Das ist doch nicht möglich. Nein, das kann ich mir nicht vorstellen".

„Glaub' mir Moni, wenn es nicht so hieb- und stichfest wäre, säße ich nicht hier".

„Ja, ja, schon klar. Irgendwie schon komisch. Weißt Du … hmmm … also damals hab' ich mich schon oft gefragt, was er wohl immer so treibt. Er war manchmal stundenlang, ach was tagelang weg, ohne mir zu sagen wo er war und was er so getrieben hatte. Ich habe ihn natürlich jedes Mal danach gefragt und er konnte mir immer glaubhaft eine Erklärung abgeben. Hmm … jetzt macht das alles einen Sinn".

Monika lief während ihrer Worte unruhig im Wohnzimmer herum. Sie konnte nach den Worten von Oliver nicht mehr stillsitzen. Dann blieb sie am Tisch stehen schüttete ihr Glas randvoll mit Wein und trank es auf ex aus. Oliver machte dabei große Augen. Das hätte er Monika nicht zugetraut.

„Nun ja, nach solch einer Nachricht", dachte er.

„Ich muss das kurz mal sacken lassen, Oliv…ähm Olli. Bitte bedien' Dich doch", sagte sie und zeigte auf die Flasche mit dem Rotwein.

Er träufelte sich anstandshalber noch ein paar Tropfen des guten Jahrganges ins Glas, obwohl er eigentlich nicht mehr wollte. Er musste gleich noch Auto fahren. So nahm er noch einen ganz kleinen Schluck und stellte das immer noch halbvolle Glas wieder auf den Tisch.

„Weißt Du was das bedeutet, Olli?"

Der junge Mann sah Monika an und nickte mit dem Kopf, obwohl er sich nicht im Geringsten ausdenken konnte, was jetzt in Monikas Gehirnwindungen vorging.

„Das bedeutet ich muss mich doch endgültig von diesem Mann scheiden lassen. Nach so langer Zeit. Alles aus und vorbei".

Oliver sah sie bemitleidenswert an. Was sollte er dazu sagen. Sie hatte wohl das Recht so zu denken.

„Danke Olli, dass Du da warst und mich aufgeklärt hast, aber jetzt bitte ich Dich zu gehen. Ich möchte jetzt allein sein".

„Bist Du Dir da sicher. Ich kann auch bleiben. Ich lasse Dich jetzt ungern hier allein".

„Nein, bitte geh'. Ich komm' schon zurecht. Danke für Deine offenen Worte und ...".

Tränen stürzten nun über Monikas Gesicht. Genau das wollte Monika eigentlich verhindern, aber nun schossen ihr die Tränen doch aus den Augen. Oliver stand auf und nahm sie behutsam in seine Arme und versuchte ein paar beruhigende Worte zu finden.

Zehn Minuten später saß Monika allein in dem Sessel und starrte aus dem Fenster.

Sie ließ es nicht zu, dass er noch blieb und schickte ihn nach Hause. Er fragte tausend Mal nach, ob sie sich das nicht doch noch überlegen wolle, aber sie blieb bei ihrer Meinung, dass es besser sei, wenn er ginge.

Es fiel ihm sehr schwer diese am Boden verstörte Frau jetzt allein zu lassen, aber sie hatte es so gewollt. Er konnte sich ihr gegenüber nicht durchsetzen. Dafür kannte er sie viel zu wenig. Vielleicht mit etwas mehr Kenntnis hätte er das Blatt noch wenden können, aber so blieb ihm nichts anderes übrig, als das Haus zu verlassen.

Insgeheim hatte sich Monika gewünscht, dass er sich hätte gegen sie mehr zur Wehr gesetzt. Sie blieb jetzt eigentlich nicht gern allein zurück, aber sie schämte sich ihrer Tränen vor Oliver und so musste er gehen.

***

„Ja, verdammt. Oliver hat mit jedem seiner Worte Recht", lallte Ronny, als er Stunden später nach Hause kam und Monika ihm sofort zur Rede stellte.
„Oh mein Gott. Das darf doch echt nicht wahr sein. Warum? Verflucht noch mal warum, Ronn?".
Ronny ging ins Bad und schüttete sich mehrere Male kaltes Wasser ins Gesicht. Mit einem Handtuch in der Hand und einem frischeren Erscheinungsbild, als es eben der Fall war, trat er ins Wohnzimmer.
„Moni … ich weiß es hört sich bescheuert an, aber … also damals waren andere Zeiten. Ich bin da irgendwie reingeschlittert. Und ich konnte Dir nichts davon erzählen. Du hättest es nicht verstanden und schon gar nicht zugelassen. Aber wir haben dadurch doch sehr gut gelebt".
„Wie bitte. Hätte ich das gewusst, hätte ich keine zwei Minuten mehr mit Dir zusammen g e l e b t", zog Monika das letzte Wort auseinander.
„Das nennst Du Leben? Sag mal, schämst Du Dich kein bisschen? Was hast Du Dir bloß dabei gedacht?".
„Lass es mich versuchen Dir zu erklären, ohne dass Du jetzt etwas dazu sagst und schon gar nicht ausrastest. Versprichst Du mir das?".
Monika nickte und lehnte sich verkrampft in den Sessel. Sie schaute aus dem Fenster. Es war stockdunkel draußen. Nicht einmal die Laterne vor dem Haus leuchtete auf den Bürgersteig, wie sonst.

Ein Zustand, dem Ronny sicher in einer anderen Situation sofort nachgegangen wäre, hätte Monika es ihm gesagt. Jetzt blieb keine Zeit um herauszufinden, warum die Lampe nicht das tat, was man von ihr im Dunklen verlangte.

„Ich habe Dir doch in Bayern schon erzählt, dass ich den Professor kenne".

Monika nickte.

„Als ich damals in Magdeburg in der Klinik war, haben wir miteinander gearbeitet. Mich hat seine Arbeit sehr fasziniert. Er war Chirurg und ich nur ein Krankenpfleger. Du weißt, mich hat die Medizin schon immer interessiert. Professor Schlingbein hat mich im wahrsten Sinne des Wortes an die Hand genommen. Er hat mir viel gezeigt, auch das was er damals gerade entwickelte. Es war eine Weltneuheit, die nur er konnte. Er suchte einen Partner und fand diesen in mir".

Monika bewegte sich keinen Zentimeter. Fassungslos und angespannt starrte sie in die Dunkelheit und vor ihrem inneren Auge lief dieser Film ab, den Ronny gerade erzählte. Sie stellte sich das alles bildlich vor.

Es waren keine schönen Aufnahmen.

Immer wieder musste sie Schlucken, bis ihre Kehle so trocken war, dass sie sich zum Tisch beugte, sich ein Glas Rotwein einschenkte und einen kräftigen Schluck nahm. Diesen behielt sie für einen Moment im Mund, ehe sie ihn runterschluckte.

Ronny redete sich in einen Rausch. Fast ohne Punkt und Komma sprudelte es aus ihm heraus. War es das viele Bier, das er bei seinen Kumpels getrunken hatte, oder war er nach so langer Zeit froh, es endlich einmal aussprechen zu können und war deshalb nicht zu stoppen?

„Wir waren dann an dieser Sache dran. Der Professor war so weit, dass sein Experiment gelingen konnte. An Tierversuchen hatte es schon hervorragend funktioniert. Aber dann wollte er es an einem Menschen testen. Zu dieser Zeit lag bei uns in der Klinik ein kleiner Junge. Er war aus einem Kinderheim zu uns gekommen. Er hatte nicht mehr lange zu leben. Der Professor sagte damals, dass er die besten Voraussetzungen mitbringen würde um sein Experiment, wenn auch nur für kurze Zeit, zu testen. Der Junge hatte keine Eltern mehr und das Heim hat sowieso nicht mehr damit gerechnet, dass er zurückkommt".

„Ihr habt nicht den Jungen…?", dachte Monika.

„Der Professor hat ihn dann auf seine Station verlegen lassen und das verfluchte Experiment gestartet. Der Junge hatte einen Hirntumor, der operativ entfernt werden sollte. Das hat der Professor auch getan, aber dann hat er eben noch diese Drähte und all das Zeugs in sein Gehirn eingepflanzt …".

Jetzt machte auch Ronny mal eine kleine Pause.

Er ging in die Küche und holte sich eine Flasche Wasser aus dem Vorratsschrank, drehte den Deckel ab und setzte sie sich an den Mund.

„Ahhh", hörte Monika aus der Küche.

Ronny verschloss die Flasche und stellte sie halbleer, oder halbvoll, in den Kühlschrank. Dann trat er wieder in das Wohnzimmer und ließ weitere unvorstellbare Details aus vergangenen Zeiten ans Nachtlicht kommen.

Im Zimmer war es schummrig, nur die Standlampe in der Ecke leuchtete.

Ronny konnte sich nicht entscheiden, ob er sitzen oder gehen wollte. So wechselte er sich damit in unregelmäßigem Abstand ab.

Jetzt lief er gerade an der Schrankwand vorbei.

„Was soll ich Dir sagen? Der Versuch hat funktioniert. Über einen Bildschirm konnte Professor Schlingbein sehen, was der Junge sah. Es war unglaublich. Kannst Du Dir das vorstellen…".

„Oh ja, das tue ich gerade mein Lieber", dachte Monika.
„… was das für ein Gefühl war? Irre. Wir konnten sehen, was
der Junge sah. Leider ist er dann doch einige Wochen später
gestorben. Gut damit war zu rechnen, seine
Überlebenschancen waren von vornherein sehr schlecht.
Aber wir hatten noch mehr Probanden. Und der Professor
entwickelte weiter. Später konnten wir nicht nur sehen, was
der Patient sah, sondern auch hören was er hörte".

***

„Sag mal, das denkst Du Dir jetzt alles nur aus, oder? Das
kann alles nicht wahr sein", sagte Monika leise.
„Doch Moni …", sprach er aufgeregt weiter. „… das ist alles
die reine Wahrheit. Ich schwöre es Dir …".
Voller Enthusiasmus und wie in Trance, selbst erstaunt, dass
es ihm so gut über die Lippen kam, sprach Ronny weiter.
„… ja und nun kommt noch ein Teil meines Lebens, den Du
so noch nicht kanntest. Glaub mir, heute bereue ich diese
Zeit. Aber damals war sie so verdammt, das Wort gab es
damals ja noch nicht, aber heute würde man geil sagen. Ja
es war einfach eine geile Zeit. Ich habe Dir nie davon etwas
erzählt, weil … Du hättest es nicht verstanden. Du hättest
Dich von mir getrennt und das wollte ich nicht. Ich habe Dich
schon immer sehr geliebt, das musst Du mir Glauben. Also
Moni, ich war damals bei der Stasi, das weißt Du ja bereits.
Was Du nicht weißt ist … ähmmm …, also ich war ein richtig
hohes Tier dort. Ich war ein ranghoher Offizier.
Bevor ich das geschafft hatte, habe ich nicht nur meine
Arbeitskollegen ausgehorcht. Es waren so ziemlich alles
Menschen aus meinem Umfeld. Später als Offizier habe ich

Verhöre durchgeführt und Menschen in sehr unangenehme Situationen gebracht".

„Wie bitte. Sag mal geht's noch? Hast Du mich etwa auch ausspioniert? Und unsere Nachbarn und ...".

„Nein, Dich habe ich nicht ausspioniert. Ja, die Nachbarn schon. Eigentlich alle, nur Dich nicht".

„Nicht zu fassen", dachte Monika und griff nach ihrem Glas.

„Hey, es hatte auch seine guten Seiten, dass ich da beschäftigt war, oder? Erinnerst Du Dich an die vielen Urlaube und das alles. Meinst Du ich habe als Krankenpfleger wirklich so viel verdient? Nein. Übrigens ... Krankenpfleger war ich zu dieser Zeit gar nicht. Ich war praktisch dem Schlingbein sein Gefährte, sein Assistent. Wir haben viel zusammen ausprobiert und ausgedacht. Durch seine Idee wären wir beinahe ganz groß rausgekommen. Mit seiner Erfindung wäre die Stasi einen sehr großen Schritt weitergekommen. Weiter als je zuvor. Aber dann kam bald das Ende der DDR. Wir brauchten diese Technik nicht mehr. Wir waren kurz davor sie auch in erwachsene Personen zu verpflanzen, aber dann hat die Zeit nicht mehr gereicht. Wir hatten das perfekte System für die Stasi, aber dann keine Zeit mehr um es wirklich auszukosten und damit den Ruhm einzuheimsen".

„Wie viele?", fragte Monika.

„Was, wie viele? Was meinst Du?".

„Wie vielen Menschen habt Ihr diese Technik in den Kopf gepflanzt. Wie viele Kinder?".

„Es waren etwa 30 Kinder".

„Lebt davon noch eines?".

Ronny wurde plötzlich ganz still. Was er eben noch überschwänglich geredet hatte, war er jetzt stumm. Nur sein Körper musste sich bewegen. Er lief im Zimmer auf und ab.

Monika sah sich das eine Weile mit an, dann fragte sie erneut nach:

„Also, lebt davon noch eines?".

„Nein. Soviel ich weiß nicht. Jedenfalls jetzt nicht mehr", gab Ronny kleinlaut von sich.

Monika ahnte böses.

„Er wird doch nicht? Nein, das hat er nicht getan!", dacht sie. Hoffte sie.

Tief in ihrem Inneren hatte sie eine schreckliche Ahnung und hoffte, dass Ronny diese nicht bestätigen würde.

Ronny sah zu Monika herab, die sich gerade die Neige des Glases in den Mund kippte. Dann sah sie zu ihm hoch. Ihre Augen blieben wie erstarrt miteinander verbunden.

Keiner mochte ausweichen.

Bei verliebten Menschen hätte man gesagt, dass es zwischen ihnen funkt, aber das war kein Funkeln. Das waren eher Blitze die sich da trafen.

Blitze des Hasses.

Zumindest von Monikas Seite.

„Sag mir bitte nicht, dass Ihr es bei Peggy auch gemacht habt", ging es in Monikas Kopf rum.

„Soll ich es ihr wirklich sagen? Scheiß drauf. Jetzt habe ich sowieso schon alles erzählt. Sie wird mich nach diesem Gespräch eh verlassen und dann kann ich es ihr auch sagen", dacht Ronny.

„Alle Patienten starben nach kurzer Zeit. Der längste überlebte glaub' ich fast 9 Monate. Es waren alles totgeweihte Patienten. Niemand gab noch einen Pfennig auf Sie. Sie waren alle schwer krank, ja todkrank, und es waren alles Patienten, die keine Angehörigen mehr hatten. Waisenkinder. Und dann, es war im Februar 86, da kam dieses Mädchen zu uns in die Klinik. Sie überlebte schwerverletzt einen Autounfall, bei der ihre Mutter starb. Sie wollten in den Westen fliehen. Verstehst Du, die Mutter wollte mit ihrer Tochter die DDR verlassen. Mit ihrem Kind fuhr sie viel zu schnell in einem geklauten Westfahrzeug und verunglückte. Das Mädchen wurde sofort operiert und man dachte es wird wieder werden, aber dann verschlechterte sich ihr Zustand rasant und dann haben wir ihr die Technik eingesetzt. Nach der letzten OP ging es ihr dann plötzlich und unerwartet jeden Tag besser.

Ja, es war Peggy. Verdammt, ja es war Peggy", rief Ronny etwas lauter und dabei entglitten ihm ein paar Tränen.

„Du hast sie dann zu uns gebracht. Als Pflegekind kam sie zu uns. Du sagtest damals sie würde nicht lange bleiben können, aber dann blieb sie bei uns. Wir haben sie großgezogen, erzogen, geliebt, als ob es unsere leibliche Tochter gewesen wäre".

„Ja, ich, also wir, Professor Schlingbein und ich, haben nicht gedacht, dass sie tatsächlich überlebt. Aber die Pflege bei uns tat ihr erstaunlich gut und so entwickelte sie sich immer besser. Irgendwann sprach ich dann im Amt vor und wir durften sie behalten. Auch das war nur meiner Stellung bei der Stasi zu verdanken. Ich hatte immer im Hinterkopf, dass sie bald sterben würde. Aber sie blühte immer mehr auf. Ich habe sie dann auch als meine Tochter angesehen. Ich war froh, dass es sie gab. Du hattest Monate vorher eine Fehlgeburt und ich …".

***

„Verschwinde aus meinem Leben …", sagte Monika.

„… ich will Dich hier nie wiedersehen".

„Aber Moni, das kannst Du nicht machen. Ich liebe Dich doch".

In Windeseile zogen bei Monika Erinnerungen von Peggys Leben vorbei.

„Oh mein Gott Peggy", flüsterte Monika und hielt sich beide Hände vor das Gesicht. Wieder rollten Tränen.

Als Ronny das sah weinte auch er. Er beugte sich zu Monika herunter ehe er sich vor sie hinkniete.

Beide weinten eine Weile miteinander.

„Endlich", sagte Monika weinerlich.

„Endlich kannst auch Du weinen".

„Kannst, …schnief … Du mir das jemals … schnief … verzeihen?", fragte Ronny weinerlich.

„Weißt Du, es hatte auch noch etwas Gutes, dass ich bei der Stasi war", sprach er plötzlich wieder halbwegs klar.

Mit der folgenden einzigartigen Story, so dachte er, könne er seiner Frau mit Sicherheit imponieren und sie sicher umstimmen, ihn doch nicht aus dem Haus zu jagen.

„Nein, bitte, keine weiteren Geschichten von damals, ich habe genug gehört".

„Monika, hör mir ein letztes Mal zu. Du wirst es vielleicht wirklich nicht glauben, aber ich bin verantwortlich dafür, dass wir frei sind".

„Hääh", entgegnete Monika.

„Ja, also ich meine nicht das nur wir frei sind, sondern, dass alle DDR-Bürger frei sind. Ich habe die Grenzöffnung praktisch veranlasst".

„Sag mal Ronn, jetzt flippst Du aber total aus, was?", rief sie ihm aufgeregt und wütend zu.

„Bitte, lass es mich erklären, Du weißt doch …".
Ohne auch nur auf eine Reaktion von ihr abzuwarten, sprudelte es weiter aus seinem Mund heraus.
„… damals im November 1989. Da gab es diese Pressekonferenz mit dem Günter Schablonski oder so. Ich vergesse jedes Mal wie der wirklich heißt. Der hat damals diesen Zettel vorgelesen. Du weißt schon, dieser berühmte Zettel? Und dreimal darfst Du raten, wer ihm diesen Zettel zugesteckt hat. Richtig, ich war das".
„Das spinnst Du Dir jetzt alles zusammen, Ronny. Hör auf mit dem Quatsch".
„Nein, wirklich. Ich habe die Rede, die er eigentlich halten sollte geschrieben. Es ging um die Erhaltung der Mauer, aber eben auch um neue Reisebestimmungen für
DDR-Bürger. Diese Rede hatte ich schon Tage vorher angefertigt und natürlich von ganz oben absegnen lassen. Der Parteichef war voll des Lobes. Besser hätte er es kaum formulieren können, sagte er mir und schlug mich für einen weiteren Orden vor. Aber in dieser Zeit ging bei mir ein Umbruch im Kopf vor. Ich habe doch auch die Bilder im Fernsehen gesehen. Wie die Leute nur raus wollten aus der DDR. Plötzlich entstand auch bei mir so ein Freiheitsgefühl. Monate, ach was sage ich, Tage vorher, nein auch das ist noch zu weit weg, beim Schreiben der Rede kam mir die Idee einfach eine eindringliche Rede zu schreiben, die der Parteichef gar nicht ablehnen konnte und dann dem Redner eine andere zukommen zu lassen. Verstehst Du? Die Rede wurde von oben genehmigt und niemand kontrollierte mehr, was wirklich auf dem Zettel stand. Der Schablonski, nee so hieß der nicht, ich vergesse leider immer wieder seinen Namen, aber der war dann die arme Socke, die das ausbaden musste. Obwohl er, glaub ich, danach für einige ein Held geworden ist".

Monika schüttelte ihren Kopf. Konnte sie ihm das abnehmen? War ihr Ronny tatsächlich so ein gerissener Kerl?

Konnte diese Geschichte, die nun wirklich in die Geschichtsbücher eingegangen ist, wahr sein?

Einen Augenblick dachte sie an diese Zeit zurück. Vor ihrem Auge sah sie die Bilder, die sie zu dieser Zeit im West-Fernsehen sah, wie die Menschen in Leipzig und anderswo demonstrierten. Wie die Massen in die Prager Botschaft stürmten und wie sie von Ungarn nach Österreich liefen, als dort die Grenzen geöffnet wurden.

1989 kam Monika nie auf die Idee die DDR zu verlassen. Als Rechtsanwaltsgehilfin hatte sie einen anständigen Beruf und auch privat schien alles gut zu sein. Zumindest hatte sie es damals so gedacht. 1990 zog sie dann aber, weil Ronny es gern so wollte, weg aus der DDR. Jetzt weiß sie auch, warum er es so eilig hatte, aus diesem Land wegzukommen.

Ja und dann war da tatsächlich dieser Moment, als dieser Herr, am 09. November 1989, im DDR-Fernsehen auftrat und etwas von Reisebestimmungen erzählte. Er schien verunsichert und zögerlich, so als ob er es selbst nicht glauben konnte, was er da gerade vorgelesen hatte.

Seine legendären Worte werden heute noch damit in Verbindung gebracht, die Öffnung der Grenzen und somit den Mauerfall verkündet zu haben.

Ein Auszug aus der Presskonferenz

Schabowski: „... und deshalb (äh) haben wir uns dazu entschlossen, heute (äh) eine Regelung zu treffen, die es jedem Bürger der DDR möglich macht (äh), über Grenzübergangspunkte der DDR (äh) auszureisen".

Frage: (Stimmengewirr) „Das gilt...? Ohne Pass? Ohne Pass? Ab wann tritt das...? (...Stimmengewirr...) Ab wann tritt das in Kraft?"

Schabowski: „Bitte?"

Frage (Peter Bringmann, Journalist): „Ab sofort? Ab…?"

Schabowski: „... (kratzt sich am Kopf) Also, Genossen, mir ist das hier … also mitgeteilt worden, dass eine solche Mitteilung heute schon (äh) vorbereitet worden ist. Also (liest vom Blatt): Privatreisen nach dem Ausland können ohne Vorliegen von Voraussetzungen - Reiseanlässe und Verwandtschaftsverhältnisse - beantragt werden. Die Genehmigungen werden kurzfristig erteilt. Die zuständigen Abteilungen Pass- und Meldewesen sind angewiesen, Visa zur ständigen Ausreise unverzüglich zu erteilen, ohne dass dafür noch geltende Voraussetzungen für eine ständige Ausreise vorliegen müssen."

Frage (Ricardo Erdmann, Journalist): „Mit Pass?"

Frage: „Wann tritt das in Kraft?"

Schabowski: (blättert in den Papieren) **„Das tritt nach meiner Kenntnis - ist das sofort, unverzüglich…"** (blättert weiter in den Unterlagen)

Frage (Peter Bringmann, Journalist): „Gilt das auch für Berlin-West?"

Schabowski: (zuckt mit den Schultern, verzieht die Mundwinkel, blättert in den Papieren) „Also (Pause), doch, doch (liest vor): Die ständige Ausreise kann über alle Grenzübergangstellen der DDR zur BRD bzw. zu Berlin-West erfolgen."

Quelle:

www.t-online.de/nachrichten/deutschland/id_71208694/
die-pressekonferenz-von-guenter-schabowski-am-9-november-1989.html

„Hatte Ronny wirklich etwas damit zu tun? Ja, warum nicht? Er klang eben sehr glaubwürdig", dachte Monika.

Wie bei der Entscheidung über die Obduktion und als ob in ihr zwei Personen im Körper waren, schwenkte sie plötzlich von gehässig auf ruhig um. Nicht das sie jetzt ein Engel geworden wäre, nein das nicht, aber ihre Stimme klang auf einmal anders. Versöhnlicher, verständnisvoller und doch untertönig.

„Du fragtes eben, ob ich Dir verzeihen könnte, Ronny. Ich glaube nicht, aber im Moment bin ich nur bei Peggy. Sie fehlt mir. Ihr Lachen und ihre Freundlichkeit. Ihre ... sag mal, ...", Monika wurde plötzlich noch ruhiger.

„... weißt Du was mir gerade einfällt? Du sagtest, Sie hatte diese Technik noch im Kopf. Stimmt das?".

„Ich denke ja. Warum?"

„Gibt es noch Aufzeichnungen von Ihr? Und wer konnte die Bilder noch sehen, die sie sah?".

„Nach dem Ende der DDR war diese Technik nicht mehr gefragt, wir wollten sie zum Ausspionieren in möglichst vielen Personen einpflanzen, aber dann kam die Wende und nur Professor Schlingbein wird wissen ob es noch Aufnahmen gibt".

Ronny schien zu überlegen. Er war für ein paar Sekunden still.

„Ach jetzt verstehe ich Deine Frage. Du meinst, es gibt eventuell noch Aufnahmen von Peggy?"

„Ja, genau".

„Daran habe ich seit der Wende nicht mehr gedacht, aber Du hast Recht. Vielleicht gibt es tatsächlich noch Aufzeichnungen".

„Wenn es diese gibt muss ich sie sehen, Ronny".

„Ja natürlich. Wobei ... wollen wir sie wirklich sehen? Wollen wir uns das antun? Es werden wohl die letzten Stunden oder Minuten von Peggys Leben sein".

„Ja, ich will das sehen. Ruf sofort diesen Professor an und frag ihn, ob es noch Aufnahmen gibt"

***

„Ich habe es geahnt. Hallo Ronny. ... Was? ...na, dass Du hier bald anrufst. Was ...?

Wie stellst Du Dir das vor? Ich kann doch diese Aufnahmen nicht veröffentlichen. Ich komme in Teufels Küche. Nein, mein Freund, das kann ich nicht machen.

Wie bitte ...? Ja sicher gibt es noch Aufzeichnungen, klar. Das war und ist mein Baby, das habe ich großgezogen und es natürlich auch weiterentwickelt und verfolgt. Was ...? Sag mal spinnst Du jetzt, Ronny. Ich kann Dir diese Aufnahmen nicht zeigen. Offiziell gibt es diese nicht, also lass mich bitte damit in Ruhe, ja".

Tuut, tuut, tuut.

Professor Schlingbein legte den Hörer einfach auf, obwohl Ronny mit seinem Gespräch noch nicht fertig war.

„Ok, Uwe, dass hast Du nicht umsonst gemacht. Einfach auflegen. Dir werde ich es zeigen", dachte Ronny wütend.

In seinem Kopf spielten sich verrückte Dinge ab. Wie früher im Verhörraum in dem er einen Sträfling vor sich hatte.

Nein es waren keine verrückten Dinge.

Es waren grauenhafte Dinge.

Grausamere, als er sie damals jemals hatte.

Er dachte in diesem Moment sogar an Mord.

***

„Liebste Moni,
ich werde, auf Deinen Wunsch hin,
für einige Tage nicht da sein.
Ich hoffe, dass Du Dich bis zu meiner Wiederkehr für eine gemeinsame
Zukunft mit mir entscheiden kannst. Ich liebe Dich und möchte gern weiter mit
Dir leben. Aber ich kann auch verstehen, dass Du nach all den vielen
Begebenheiten der letzten Zeit etwas Ruhe zum Überlegen brauchst. Ich
werde mich in dieser Zeit auch nicht bei Dir melden. Du sollst von mir Abstand
bekommen und darüber nachdenken, wie und ob es mit uns weitergehen kann.
Bitte bedenke dabei…
Ich liebe Dich
(für immer und trotz allem)

Dein Ronny "

Diesen kleinen Zettel fand Monika eines Morgens auf dem Küchentisch. Sie setzte sich auf einen Stuhl und las die Zeilen erneut.
Immer und immer wieder.
Ronny hatte sich einige Sachen gepackt und war mitten in der Nacht verschwunden. Er schlief, seit der Aussprache, schon die ganze Zeit auf der Couch im Wohnzimmer.

In einem unbemerkten Moment packte er im Schlafzimmer einige Klamotten zusammen und verstaute die Tasche in der Garage und wartete auf den richtigen Augenblick.

Dieser war in dieser Nacht gekommen.

Er hatte tagelang überlegt, wie er Monika ansprechen und überreden könnte, dass sie wieder gut mit ihm sein solle. Aber Monika war, verständlicher Weise, zu gekränkt. Sie wollte, dass er auszieht. Wollte ihn nicht mehr sehen und schon gar nicht mehr sprechen. Das mit dem nicht sehen ging in einem Haus schlecht, aber das mit dem nicht reden klappte hervorragend.

Seit über einer Woche hatten die beiden kein Wort miteinander gesprochen. Ronny versuchte zwar manchmal einen Satz anzufangen, merkte aber schnell, dass seine Worte nur ins rechte Ohr seiner Frau hineingingen um gleich wieder zum linken heraus zu flutschen. Dabei nahmen seine Worte keinen Umweg über das Gehirn, sondern nahmen den direkten Weg über den Gehörgang, sodass Monika seine Worte erst gar nicht mitbekam. Jetzt hatte er es eingesehen und sah sich nur zu diesem kleinen Abschiedszettel in der Lage.

Ausgesprochene Worte erreichten Monika sowieso nicht.

Ronny setzte sich in den SUV und drückte den Knopf für das Garagentor, dass sich langsam und leise öffnete. Er drehte den Zündschlüssel und fuhr in die Nacht hinein.

Wohin sollte er fahren?

Er hatte hier zwar ein paar Bekannte, aber einen wirklichen Freund hatte er nicht, zu dem er jetzt, mitten in der Nacht, hätte fahren können.

Einen solchen Freund hätte er jetzt gut gebrauchen können.

Einen, der nur zuhört.

Einen, dem man alles anvertrauen kann.

Einen, mit dem man über alles sprechen kann.

Diese Art Mensch gab es in Ronnys Leben aber nur sehr selten.

Er konnte sich nur an Jens und an Uwe erinnern. Wobei nein. Wenn er richtig überlegte, war es nur Jens. Mit Uwe konnte er nicht über das alles reden worüber er mit Jens gesprochen hatte.

Also, wohin um diese Zeit? Als er noch auf der Bundesstraße war, auf der seine Tochter diesen verheerenden Unfall gehabt hatte, wurde ihm plötzlich sein Ziel klar.

Die Tankanzeige stand auf Dreiviertelvoll und die Anzeige für noch zu fahrende Kilometer auf 459.

Er stellte das Radio an und bog an der nächsten Kreuzung ab. Ein Schild wies darauf hin, dass diese Straße zur Autobahn führte.

Als er sich mit Tempo 195 km/h auf dieser fast leeren Bahn befand und er in Richtung Süden unterwegs war, kam im Radio gerade ein altes Lied einer seiner Lieblingssänger. Er trällerte aus voller Seele mit und vergoss dabei so manche Träne.

> „..., dass er fast alles bei sich trug.
> Den Pass, die Euro-Schecks und etwas Geld ...
> ... ich war noch niemals in ...
> ...ich war noch niemals auf ...“

War es auch solch ein Ausbruch, wie in diesem Lied beschrieben? Oder würde er auch zurückkehren, wie in diesem alten Schlager? In das Haus, in dem es nach Bohnerwachs und Spießigkeit roch?!

Das Lied war zu Ende.

Ronny wischte sich mit dem Ärmel seiner Jacke die Tränen aus dem Gesicht und steuerte einen Rastplatz an. Als das Fahrzeug stand zog er die Handbremse an, stellte den Gang auf Leerlauf und warf seinen Kopf auf seine Hände, die das obere Teil des Lenkrades hielten. Er atmete schwer.

In seinem Kopf gingen wilde Gedanken los. Wie ein ICE-Zug, der an ihm vorbeirauschen würde und hinter jedem Fenster würde sich ein Gedanke befinden.

Als das letzte Fenster an ihm vorbeizog, sah er darin sein Ziel ganz klar vor Augen. Der Gang wurde wieder auf „fahrbereit" gestellt, die Handbremse gelöst und dann drückte Ronny das Gaspedal ganz durch.

Mit quietschenden Reifen fuhr er los.

Lag es an dem Lied einer australischen Hardrock Band, das jetzt im Radio lief, oder waren seine eben an ihm vorbeirauschenden Gedanken schuld an seinem plötzlich aggressiveren Fahrstil?

***

Peggy und Oliver waren von einem Spaziergang in Olivers Wohnung angekommen und gingen daraufhin sofort in die Küche. Sie schnippelte das Gemüse, während er sich um das Fleisch kümmerte. Das junge Glück, das die Beiden erst seit wenigen Monaten teilten, schien unendlich zu sein. Sie hatten fast dieselben Hobbys und verstanden sich auch sonst, wie Peggy es mal ihrer Mutter sagte „unbeschreiblich".

Eines ihrer beider Hobbys war das Kochen.

Heute stand Kotelett mit selbstgemachten Pommes und frischem Gemüse auf dem Plan. Oliver schlug mit einem Fleischklopfer auf das Fleisch ein, während Peggy die Kartoffeln schälte und durch eine Schneidemaschine jagte, damit diese die Kartoffeln in Streifenform wieder hergab.

Anschließend kamen diese Streifen dann in die Fritteuse und die plattgeklopften Fleischstücke in die Pfanne.

Nach dem Essen ließen es sich die Verliebten nicht nehmen die Küche gemeinsam wieder aufzuräumen und zu putzen um es sich danach auf der Couch gemütlich zu machen. Sie sahen sich lange in ihre Augen und küssten sich. Sprachen über Gott und die Welt und sahen sich eine DVD an. Es war ein romantischer Tanzfilm aus den 1980er, den sie wohl schon tausendmal gesehen haben musste, denn sie konnte fast jeden Satz und jede Szene mitsprechen oder kommentieren. Oliver, der diesen Film auch schon „einmal" gesehen hatte und für nicht so toll hielt, bewunderte seine Freundin jedoch dafür, mit welcher Inbrunst sie in diesem Film aufging. Zwischendurch küssten sie sich immer wieder und Peggy sagte ihm, dass er wunderschöne Augen hätte. Auch er sparte nicht mit Komplimenten für ihr Aussehen.

Der Abspann des Films lief noch, als Peggy auf ihre Uhr sah. Sie vergaß, durch die liebevollen und leidenschaftlichen Umarmungen und Liebkosungen von Oliver, fast die Zeit.

Schnell schreckte sie hoch, als sie die Zeiger der Uhr richtig deutete. Das Abendessen mit den Eltern war für 19 Uhr geplant und sie hatte fest zugesagt zu kommen. Der wunderschöne Tag mit Oliver verging wie im Fluge, aber nun war es an der Zeit sich von ihm zu verabschieden. Den längsten Kuss des Tages gab es dann an der Haustür, ehe Peggy in das vor dem Haus geparkte Auto stieg. Sie warf Oliver noch einen Handkuss zu, dann startete sie den Wagen. Oliver strahlte über beide Ohren und rief ihr noch „Fahr langsam und pass auf Dich auf" zu. Peggy lächelte ihn an und winkte ihm zu. „Mach ich", konnte Oliver von ihren Lippen ablesen, denn ihre Worte konnte er durch das Motorengeräusch nicht verstehen.

Er sah ihr noch eine Weile nach, ehe sie irgendwann in eine andere Straße abbog.

„Was für ein super Tag. Wow, so einen tollen Mann zu haben ist einfach Wahnsinn. Ich kann es noch gar nicht begreifen", dachte Peggy und fuhr trotz dieses Hochgefühls ruhig und besonnen. Erst als sie das Radio einschaltete und sich dieser alte Titel im Innenraum des Wagens breit machte, den sie auch unbedingt mitsingen musste, schien die Kraftübertragung des rechten Fußes auf das Gaspedal zu kompensieren.

Sie merkte zunächst nicht, dass sie dadurch viel zu schnell unterwegs war. Ihre Gedanken waren immer noch bei Oliver und dem schönen Nachmittag.

Dann der plötzliche Blick auf das Tachometer, das eine Geschwindigkeit anzeigte, in der sie sonst, zumindest auf dieser Straße, nicht unterwegs war. Sofort sah sie sich um und schaute auch in den Rückspiegel, ob sie vielleicht einen Blitzer oder Ähnliches, wie ein an der Seite stehendes Fahrzeug sehen konnte.

Das schnelle Fahren würde hoffentlich nicht mit einem Bußgeldbescheid in den nächsten Tagen Enden?

Im Spiegel nahm sie zwar ein Licht wahr, das aber auch nicht von einem Polizeiwagen oder einer Zivilstreife zu sein schien. Zumindest näherte es sich nicht so schnell, dass man denken konnte, dass sie gleich angehalten werden würde.

So setzte sie ihre Fahrt in einem gemäßigten Tempo fort.

Später telefonierte sie mit ihrer Mutter um sich für eine wahrscheinliche Verspätung ihrerseits zu entschuldigen.

„Kind, was ist bei Dir los?", vernahm sie noch, ohne darauf antworten zu können. Eine unsichtbare Kraft drückte ihr Fahrzeug von der Fahrbahn und direkt gegen einen Baum.

Schwer verletzt und ohne Bewusstsein saß sie in ihrem Wagen. Ihr Kopf hing nach vorn gebeugt und blutete. Das rechte Bein war eingeklemmt und sah aus, als ob es gebrochen war. Eine Fehlstellung deutete darauf hin.

In einem Zeitungsbericht, der am nächsten Tag nach dem Unfall zu lesen war, wurden Zeugen gesucht, die den Unfall gesehen haben. Auch Derjenige, der den Notruf abgegeben hatte wurde gebeten sich zu melden.

Ohne Erfolg.

Es meldete sich Niemand.

***

Ruhig atmend und scheinbar gelassen fuhr Ronny in den Morgen hinein. Als seine Tankanzeige auf unter viertelvoll stand lenkte er seinen SUV auf eine Tankstelle zu und stellte sich an eine Tanksäule.

Er ging langsam zur Kasse, bezahlte neben seinen Sprit auch noch einen Becher „Coffee to go with many milk" und verließ den Laden. Dann fuhr er einige Meter weiter auf einen Parkplatz und genoss dort seinen Kaffee.

Als der Becher leer war, stieg er aus, warf diesen in einen Abfallbehälter und fuhr dann weiter.

Ronny ging immer wieder nur ein Gedanke durch den Kopf. Er konnte an nichts anderes mehr denken. Wie in einer Filmsequenz, die sich ständig wiederholte, sah er förmlich die Bilder vor sich.

Und er war ganz fest dazu entschlossen diese live zu erleben.

Wie ein Kind, das in der Schule sitzt und gleich wegen Hitzefrei nach Hause darf und dann ins Schwimmbad gehen kann, freute sich Ronny auf dieses Szenario.

Nein, so kann man das nicht vergleichen.

Das Kind springt gleich unerlaubter Weise vom Beckenrand ins kühle Nass, aber Ronny würde sich wohl nicht abkühlen, bei dem was er vorhatte.

Sein Tempo blieb gleichbleibend und der Straßenlage angepasst. Wenn jemand ihn überholte und einen Blick in seinen Wagen machte, sah dieser, dass ein normaler, scheinbar anständiger Mann hinter dem Lenkrad saß.

Gut ein Lächeln fehlte, aber wer ist schon dauernd am Grinsen beim Autofahren?

Keiner wäre auf die Idee gekommen daran zu denken, was dieser Mann für schlimme Gedanken hatte.

Nach Stunden im Auto, die von sehr wenigen Pausen unterbrochen waren, hielt Ronny vor dem Krankenhaus in Bayern.

Der Motor war aus, nur die Scheibenwischer liefen noch im Intervall. Ein leichter Nieselregen veranlasste den Windschutzscheiben-Regen-Sensor des Wagens zu diesem Verhalten.

Ronny blickte durch die Scheibe nach oben. Seine Augen suchten das Büro des Professors. Es war früh am Vormittag und schon hell, aber beim Doktor brannte noch das Licht.

„Na schön Uwe, dann wollen wir mal sehen, ob Du mir nicht etwas verraten kannst. Und Gnade Dir Gott, wenn Du versuchst mich anzulügen", flüsterte Ronny vor sich hin und griff dabei zum Handschuhfach.

„Ich möchte gern mit Professor Schlingbein sprechen, es ist sehr wichtig und dringend. Können Sie mir sagen wo ich ihn finde?", fragte Ronny im höflichen Ton eine ihm auf dem Flur entgegenkommende Krankenschwester.

Sie verwies ihn auf das Büro und machte ein paar Handbewegungen, die in Richtung dieses Zimmers deuteten und gab an, dass sich der Professor wohl in diesem befände.

Ronny bedankte sich sehr freundlich und lief langsam bis vor die Tür. Dort blieb er einen Moment stehen und sah sich um. Niemand war auf dem Flur zu sehen. Er drückte sein rechtes Ohr an die Tür um zu hören, ob er die Stimme des Professors hören konnte. Dieser schien gerade zu telefonieren. Den genauen Wortlaut konnte er nicht verstehen, aber dass es der Professor sein musste, konnte er schon einordnen.

Als er meinte, dass der Doktor sein Telefonat beendet hatte, drückte Ronny ohne vorher anzuklopfen, die Türklinke herunter und trat in das Zimmer ein.

„Was … was machst Du denn hier?", fragte der verdutzte Professor.

„Sag mir, ob Du damals an diesem Projekt weitergearbeitet hast".

„Hä … was … achso das Projekt. Nein. Natürlich nicht. Mensch das ist so lange her. Die Zeiten sind vorbei, Ronny. Wo denkst Du hin".

„Sag mir die Wahrheit. Ich kann mir nicht vorstellen, dass Du dieses Projekt nicht weiterverfolgt hast. Du wärst damals dafür gestorben. Also sag die Wahrheit".

„Ronny, beruhige Dich doch erst einmal. Setz Dich. Möchtest Du was trinken?"

„Nein verdammt. Ich will mich nicht setzen und ich will auch nichts trinken. Ich will einfach nur die Wahrheit, verstanden?".

In diesem Moment zog Ronny eine Pistole aus seiner Manteltasche.

„Ronny, steck das blöde Ding weg. Ich bitte Dich, beruhige Dich. OK, ja, wenn Du das verdammte Ding wieder wegsteckst, sage ich Dir alles".

Ronny überlegte kurz und peilte die Lage. Dann ließ er die Pistole wieder in der Tasche verschwinden.

„Hör zu, Uwe. Mach keine Scheiße. Ich bin zu allem bereit. Monika hat mich verlassen, weil ich ihr alles gebeichtet habe.

Ohne Sie macht mein Leben keinen Sinn mehr. Ihre letzten Worte, die Sie noch mit mir gesprochen hat, waren, dass Sie die Bilder sehen wollen würde, wenn es welche gibt. Also, hast Du Bilder von Peggy?".

„Nein. Also na gut … ja doch. Nein, ich weiß es nicht so genau. Ich war schon eine Weile nicht mehr im Kontrollraum".

Uwe druckste herum, obwohl er ganz genau wusste, dass es diese Bilder gab.

„Wo ist der? Lass uns sofort dort hinfahren!".

„Ronny ich kann jetzt nicht so einfach hier weg".

Der sichtlich erboste Mann vor dem Doktor bewegte seine Hand in Richtung Manteltasche und starrte diesen mit einem grimmigen Blick an.

„Ja, ist schon gut. Lass mich eben ein Telefonat führen, dann können wir los. Ist das OK?".

Ronny nickte und nahm seine Hand wieder von der Tasche.

Der Professor hob den Hörer ab und wollte gerade eine Nummer wählen, als Ronny zu ihm sagte: „Hey, aber keine Tricks".

Wenig später saßen die beiden in der Luxuskarosse des Professors.

„Also, auf geht's. Worauf wartest Du? Wo ist Dein Kontrollraum?"

Nach circa 15 Minuten standen sie vor einem scheinbar verlassenen Haus. Sie stiegen aus und Uwe öffnete die Tür des heruntergekommenen Hauses, welches sich in einem kleinen Wald befand.

Wald war vielleicht zu viel gesagt, eher ein Park. Für einen Wald standen die alten Bäume nicht nah genug aneinander.

„Wem gehört die Hütte?"

„Du wirst es nicht glauben. Mir. Sie gehörte meinem Großvater. Er war damals ein hoher, angesehener Mann. Sowas wie ein Fürst oder Graf. Keine Ahnung. Ich hatte nie mit ihm zu tun. Geschweige denn, dass ich ihm kennengelernt hätte. Alles was Du hier siehst gehört mir. Nach seinem Tot hat sich keiner um das Gelände und das Gebäude gekümmert. Er gab scheinbar keine Erben, außer mir. Meine Eltern starben ja sehr früh, wie Du weißt. Und damals war ich noch in der DDR und wusste gar nichts von einem reichen Opa im Westen. Bei mir lief es genau anders herum. Kannst Du Dich noch an die Nachwendezeit erinnern, als die Wessis in unser Land kamen und ihre Grundstücke wiederhaben wollten? Ja, und ich kam eben aus der DDR und bekam irgendwann mal Post, dass ich mich bei Gericht melden sollte.

Schwupps, war ich Erbe dieses Geländes und diesem Prachtbau. Ich bekam nur kein Geld von der Bank, um es instand halten zu können. So ist es leider immer weiter zerfallen. Aber das Gelände ist weiträumig abgesperrt oder es stehen überall Schilder, dass das Betreten verboten ist. Ich habe einen Wachschutz beauftragt, der guckt alle Nase nach mal nach dem Rechten. Komm rein Ronny".

Das Haus war komplett leergeräumt.

Keine mit Laken abgedeckten Möbelstücke, keine verklebten oder zugehangenen Fenster, noch nicht einmal viele Spinnenweben waren hier zu finden, was Ronny noch vor dem Eintritt vermutet hatte.

Man hätte hier direkt mit einem Möbelwagen vorfahren und sofort einziehen können. Das Haus war besenrein und machte von Innen einen hervorragenden Eindruck.

„Und wo ist nun Dein … ähmm … Kontrollraum?".

Einen kurzen Augenblick war Ronny sprachlos von dem Anblick des Inneren des Hauses. Während er seine Frage stellte, stellte er sich gerade vor, wie das Haus wohl möbliert und bewohnt aussehen könnte.

***

„Komm mit, wir müssen auf den Speicher".

Der Doktor führte Ronny zunächst durch mehrere Räume und dann eine Treppe hinauf.

Auf der nächsten Etage drückte Uwe eine Türzarge etwas in den Raum hinein um dahinter etwas Verborgenes hervorzuholen. Eine Stange kam zum Vorschein. Mit dieser ging er ein paar Tippelschritte, sah an die Decke und schien dabei zu zählen. Plötzlich blieb er stehen und guckte zu Ronny.

Der ahnte, dass Uwe ihm gleich die Stange über den Schädel ziehen wollte und hielt bereits wieder die Waffe in der Hand.

„Nein, Ronny. Bitte nicht. Steck das Ding weg, ich werde Dir nichts tun. Vertrau mir. Um der alten Zeiten wegen. Ja? Vertrau mir!".

Ronny trat zwei Schritte zurück und steckte die Pistole wieder ein. Dann beobachtete er Uwe genau, wie dieser die Stange in ein (fast) unsichtbares Loch in der Decke schob und dann diese eine halbe Umdrehung drehte.

Dann zog er an der Stange und es öffnete sich eine vorher nicht sichtbare Klappe in der Decke. In dieser Klappe war eine Leiter eingebaut, wie man sie aus jedem Haus kennt, dass einen Zugang zum Speicher hat. Uwe stieg als erster die Stufen hinauf und forderte Ronny währenddessen auf ihm zu folgen.

Uwe drückte mit seinem Fuß auf einen Knopf, der sich unmittelbar am Eingang der Luke auf dem Boden befand und plötzlich erleuchtete der große Raum im hellen Neonlicht.

„Wie? Strom hast Du hier auch?".

„Na klar. Wie soll das sonst alles funktionieren?".

„Nicht zu fassen. Was ist das hier?".

„Das ist mein Raum, mein Kontrollraum".

„Wahnsinn".

„Komm ich zeig Dir alles".

„Ich bin schwer beeindruckt".

„Du bist auch der Erste, der diesen Raum überhaupt zu Gesicht bekommt. Kannst also Stolz sein".

Völlig beeindruckt von dem was Ronny hier vor seine Augen bekam, hatte er fast vergessen warum er überhaupt hierhergekommen war.

Der Speicher war etwa 50qm groß. Hier und da wurde die Decke von einem Pfeiler gestützt. Alle Wände waren gedämmt und mit Holz verkleidet. Der ganze Raum war bis in jeden Winkel gut ausgeleuchtet und der Boden mit einer Heizung versehen. Auf einer Seite standen drei große Schreibtische. Auf einem standen mehrere Geräte, die Ronny noch nie zuvor gesehen hatte. Für ihn sahen sie aus, wie früher die Videorecorder, aber es schienen keine dieser alten Apparate zu sein. Auf den anderen beiden Tischen standen Bildschirme. Die jeweiligen Rechner dazu standen unter den Schreibtischen. Auf der anderen Seite waren hohe Schränke platziert.

An der Stirnseite war eine kleine Teeküche eingebaut, die mit Mikrowelle, Kaffeemaschine, Kühlschrank, einer Spüle und einem Zweiplattenkocher gut eingerichtet war. In der Mitte des Raumes, genau zwischen zwei Pfeilern, stand ein Sofa und ein Sessel, die sich gegenüberstanden und in deren Mitte sich ein kleiner Tisch befand.

„Setz Dich Ronny. Darf ich Dir jetzt etwas zu trinken anbieten? Vorhin warst Du ja zu nervös um zu Trinken. Also?".

„Nein danke Uwe. Ich war sicher nervös, aber ich weiß trotzdem auch jetzt noch, warum wir hier sind. Lenk also bitte nicht ab und zeig mir, was Du alles für Aufnahmen hast".

„Schon gut. Bleib ruhig. Ich sagte doch, dass Du mir vertrauen kannst. Ich will Dich auch zu nichts zwingen. Wenn Du aber erlaubst genehmige ich mir einen Drink?".

„Ja, sicher, mach".

Uwe ging zur Küche und nahm sich aus dem Kühlschrank eine Flasche heraus und anschließend ein Glas aus dem Hängeschrank darüber.

„Du möchtest wirklich nichts?".

„Nein".

Uwe machte das Glas voll und nippte daran. Mit dem Glas in der Hand ging er an einen der Schreibtische und drückte einen Schalter. Der bewirkte, dass sich beide Rechner anschalteten und die Bildschirme bald darauf ein Startbild zeigten. Er setzte sich vor einem der Bildschirme und gab in der Tastatur ein Passwort ein.

„Guten Tag Uwe", erklang es plötzlich aus einem Lautsprecher, der an der Wand hing.

„Hallo Trabant 601. Mein treuer Freund.

Bitte zeige mir die letzten Aufzeichnungen von Peggy Sommer".

Der Rechner fing an zu arbeiten. Ein Surren und Brummer im Gerät verriet, dass das Rechenzentrum am Suchen war.

„Wie jetzt, alles per Sprachsteuerung?", fragte Ronny skeptisch nach.

„Ja natürlich, meinst Du etwa ich möchte mir die Finger wund schreiben, haha".

„Ich habe den Ordner Peggy Sommer gefunden. Welche Datei soll ich öffnen?", fragte der Rechner.

„Was möchtest Du sehen, Ronny?".

„Wie? Was möchte ich sehen? Wie viele Aufnahmen hast Du? Wie weit reichen die zurück?

„Trabant 601, von wann ist die älteste Aufnahme?".

„Uwe, die älteste Aufnahme von Peggy Sommer ist vom 30.April 2016, 10 Uhr und 12 Minuten".

„Das ist eine Woche bevor Peggy …".

„Trabant 601, von wann ist die jüngste Aufnahme?".

„Uwe, die jüngste Aufnahme von Peggy Sommer ist vom 07. Mai 2016, 10 Uhr und 11 Minuten".

Für einen Moment ging Ronny in Gedanken an diesen Tag zurück. Wie er seine Tochter im Krankenbett noch hat lachen gesehen und dann wenige Stunden später doch vom Tot erfahren musste.

„Wie funktioniert das, Uwe? Sind da ganze Tage, oder nur kurze Sequenzen aufgezeichnet?".

„Die Aufzeichnungen belaufen sich jeweils für eine Woche und löschen sich praktisch dann von selbst. Wie auf einer Überwachungskamera von einer Tankstelle oder einem Supermarkt. Du kannst jede einzelne Sekunde sehen.

„Zeig mir die Aufnahmen vom fünften Mai".

„Willst Du Dir den ganzen Tag ansehen oder hast Du eine bestimmte Uhrzeit?".

„Lass mich kurz überlegen".

In Ronnys Kopf rasten die Gedanken und die Erinnerungen kreuz und quer.

„Um 19 Uhr waren wir zum Abendessen verabredet. Da war Peggy noch nicht da. Es muss so gegen zehn nach passiert sein", dachte er.

„19 Uhr 10", rief Ronny etwas lauter und bestimmter.

„Trabant 601, zeig mir die Aufnahmen vom 05. Mai 2016, Start 19:10 Uhr".

Mit der Hand vor dem Mund und total fassungslos, wie gut auch die Bildqualität war, stand Ronny hinter Uwe und konnte seine Augen nicht vom Bildschirm lassen.

Er sah die Straße auf der Peggy fuhr und auch was sie sich noch so ansah. Da war der Himmel, die vorbeirauschenden Bäume auf der einen und die weiten Felder auf der anderen Seite. Der Mittelstreifen, der durch seine unterbrochenen Linien fast zu blinken wirkte. Der Tacho. Peggys wippende Finger auf dem Lenkrad und ihr kurzer Blick in den Seiten- und Rückspiegel.

„Gibt es auch einen Ton dazu?", fragte Ronny aufgeregt.

„Was glaubst Du, natürlich. Trabant 601, gib den Ton dazu".

„… ich werde mich leider etwas verspäten, Papa. Du wirst es nicht fassen, aber ich habe gerade die Ausfahrt verpasst und meine Uhr ist stehen geblieben. Was? Ja, Papa, wir hatten einen schönen Tag. Aber das kann ich Dir ja gleich alles noch genauer erzählen. Was …? Ja, Ok, bis gleich … Hallo Mama, Du ich werde mich etwas verspäten. Ich war eben total verpeilt und bitte lach jetzt nicht, ich habe die Ausfahrt verpasst und …kawumm".

„Wie schrecklich. Mach das aus. Mach das aus", schrie Ronny Uwe beim zweiten Mal lauter an.

„Trabant 601. Wiedergabe beenden".

Das Gerät gehorchte und stoppte die Bild- und Tonwiedergabe und zeigte einen schwarzen Bildschirm.

„Kannst Du mir davon eine Kopie machen? Monika möchte das unbedingt sehen".

„Bist Du Dir sicher?".

„Ja, das war ihr innigster Wunsch. Vielleicht kann ich Sie damit ja irgendwie wieder zurückgewinnen".

„Oh, habt Ihr Eheprobleme? Und Du meinst mit der Aufnahme von Peggys Unfall kannst Du das wieder hinbiegen? Das kann ich mir aber nicht vorstellen".

„Kannst Du mir einen Stick oder sowas von den Aufnahmen machen oder nicht?". Ronny wurde energischer.

„Kann ich. Aber warum sollte ich das tun? Was bekomme ich dafür? Weißt Du, wenn das hier auffliegt bin ich erledigt. Ich gehe für den Rest meines Lebens in den Bau. Nein Ronny, bei aller Liebe nicht. Das kannst Du nicht von mir verlangen".

„Pass auf Uwe. Du ziehst mir das jetzt alles auf eine Speichermöglichkeit oder Du gehst für den Rest Deines Lebens nicht in den Bau, sondern Dein Leben endet jetzt gleich. Hier, jetzt und heute".

Wieder stand Ronny mit der Waffe in der Hand da.

„Wenn Du mich erschießt, hast Du auch keine Aufnahmen. Also lass den Quatsch und steck verdammt noch mal die Pistole weg. Denk doch mal an die alten Zeiten. Wir waren Freunde".

Ronny nahm die Waffe hoch und schoss eine Kugel in die Decke.

„Mach jetzt verdammt noch mal, was ich Dir sage, sonst landet die nächste Kugel in Deinem Kopf".

Mit der Pistole an der Schläfe konnte Uwe nicht mehr anders. Er öffnete die Schublade, die sich unter dem Schreibtisch befand und holte eine Packung USB-Sticks heraus.

„Hör zu Ronny, bleib ganz ruhig. Ich werde alles tun was Du von mir verlangst, aber bitte nimm dieses Ding runter".

Der Lauf der Waffe entfernte sich von Uwes Kopf und man hörte Ronny schwer atmen. Er ging drei Schritte zurück und setzte sich in den Sessel.

„Ich werde Dir mehrere USB-Sticks machen müssen, das passt auf keinen Fall auf einen drauf. Ich kann Dir pro Tag einen machen? Ist das OK?".

„Ja. Aber mit Bild und Ton".

„Klar, versteht sich von selbst".

„Trabant 601. Übertrage alle vorhandenen Daten von Peggy Sommer, wie Bild und Ton, vom 30. April 2016 auf USB-Stick Nummer 1 ...".

Nachdem Uwe alles sieben Sticks fertig gemacht hatte und sie Ronny übergeben hatte, zog dieser die Waffe erneut und richtete sie auf Uwes Brust. Dieser saß noch immer auf dem Drehstuhl hinter dem Schreibtisch, nur war er jetzt Ronny zugewandt.

„Du sagtest, dass ich der Erste bin, der diesen Raum gesehen hat?".

„Ja. Hey Ronny mach jetzt keinen Unsinn. Du hast alles was Du wolltest. Mach keinen Scheiß".

„Gibt es noch weitere Menschen mit diesen Implantaten?".

Uwe musste nach Ronnys Sicht etwas zu lange über die Antwort nachdenken.

„Da stimmt doch was nicht. Er muss es doch wissen, verdammt", überlegte er.

„Nein Ronny, Deine Peggy war die letzte Überlebende. Du weißt es selbst.

Nach der Wende war dieses Projekt nicht mehr gefragt. Und ich bin nach der Schließung der Poliklinik fast direkt hierher nach Bayern gekommen. Ich habe damals versucht Dich zu erreichen, aber man sagte mir Du wärest weggezogen und keiner wusste wohin".

„Lachhaft. Keiner wusste wohin. Jeder wusste das, also wieso Du nicht?"

„Ehrlich Ronny, ich habe überall nachgefragt. Keiner konnte mir Auskunft geben. Ich wollte Dich um Erlaubnis fragen, ob ich Peggy weiter beobachten darf".

„Du lügst, wenn Du den Mund aufmachst und hast gelogen, wenn Du den Mund wieder zu machst. Du bist ein Arschloch".

Ronny drückte die Pistole nun tiefer in Uwes Brust, sodass eine größere Delle in seinem Hemd entstand.

„Was soll das? Warum glaubst Du mir nicht?".

„Ich habe vielleicht nicht ganz Deine Schulbildung. Aber glaube mir, ich habe im Laufe meines Lebens viel

Menschenkenntnis gewonnen und weiß, dass Du ein verdammter Lügner bist".

„Nein".

„Pass auf Uwe. Du konntest Peggy die ganze Zeit beobachten. Und Du hast es mit Sicherheit auch getan. Du konntest also sehen wo sie sich aufhielt, und dann sagst Du mir, Du wusstest nicht wo ich mit meiner Familie hingezogen war? Gerade auf dem Video waren die Verkehrsschilder zu sehen, die unmissverständlich anzeigten wo Peggy, also auch ich, mich aufgehalten haben. Für Deine verdammten Lügen wirst Du jetzt büßen".

„Was hast Du vor Ronny, lass das".

Ronny hatte eben beim Rausnehmen der USB-Sticks in der Schublade auch ein Knäuel Paketschnur gesehen. Mit der Waffe in der rechten Hand winkte er Uwe zu, sich vom Schreibtisch zu entfernen und griff mit der linken in die Lade und holte das Band heraus. Er ließ Uwe auf dem anderen Stuhl Platz nehmen und band ihn mit der Schnur dort fest. Uwe jammerte derweil unablässig, dass Ronny dies nicht tun solle, aber dieser ließ sich von nichts aufhalten.

An den Händen und Beinen, sowie um den Brustkorb herum war der ehemalige Freund von Ronny fast bewegungsunfähig gefesselt.

Ronny steckte die Pistole in die Jackentasche und ging zur Küche, wo er die Flasche, die Uwe vorhin wieder in den Kühlschrank gestellt hatte herausnahm, um damit zu Uwe zu gehen.

„Mund auf … ich sagte Mund auf".

„Was hast Du vor?".

„Mund auf, verdammt", schrie Ronny.

Uwe öffnete seinen Mund und Ronny hielt ihm die noch fast volle 0,7 Literflasche mit irgendeinem trüben Inhalt darin, mit dem Flaschenhals voran, in den Mund.

Die Flüssigkeit ließ der Schwerkraft freien Lauf und ergoss sich in Uwes Rachen, der gar nicht so schnell mit dem Schlucken nachkam, wie das Zeug in ihn hineinwollte.

Bald lief Uwe alles aus dem Mund und er spuckte und versuchte seinen Mund zu schließen.

„Na, na na. Schön die Fresse auflassen".

Uwe versuchte dem Wunsch nachzukommen und hatte dann das Glück, dass die Flasche leer war.

„Ohh, das ist aber schade, schon allealle, die Flasche. Da wollen wir mal sehen, ob sich da nicht noch mehr für den kleinen durstigen Uwe zum Trinken findet", sprach Ronny in einer Babysprache und ging erneut zum Kühlschrank.

„Sag mal, Du bist aber schlecht bestückt. War das tatsächlich alles was Du zum Trinken hier hast? Sag mir, wo hast Du das andere Zeug versteckt? Die richtig harten Sachen? Die hast Du nicht im Kühlschrank, klar. Also wo hast Du den Schnaps?".

„Ich habe nichts weiter hier".

„Tztz, schon wieder eine Lüge. Ein Uwe ohne Schnaps. Das kannst Du jemandem erzählen, der seine Hose mit der Kneifzange anzieht. Wo?".

Das letzte Wort betonte Ronny besonders aggressiv.

„Ich trinke schon seit Jahren nicht mehr. Ich bin ein seriöser und abstinenter Mann geworden".

Ronny, der die leere Flasche von eben noch in der Hand hielt, nahm diese vor sein Gesicht und las was auf ihr stand.

„Peeä, Wasser mit Limonen Geschmack. Und sowas wolltest Du mir anbieten? Wo ist das andere Zeug? Mach endlich die Schnauze auf".

„Ich habe wirklich nichts anderes hier. Das musst Du mir glauben".

„Na gut, alles klar. Du hast es so gewollt".

Ronny ging mit der Flasche zur Küche, drehte den Wasserhahn auf, ließ diesen einen Augenblick laufen und füllte sie dann bis zum Rand.

„So, mein F r e u n d", betonte Ronny das letzte Wort jetzt extrem langsam und fast schon rührend, um dann wieder zum Bösen umzuschwenken.

„Schnauze auf".

„Ronny sei doch vernünftig".

„Ha, Du kennst mich eben nicht mehr. Mach den Mund auf, oder ...".

Uwe tat was sein Gegenüber befahl und merkte bald darauf, dass er in seinem

Mund- und Rachenraum heißes Wasser spürte.

Während Ronny Uwe die Flasche mit der einen Hand an den Mund führte, griff die andere Hand Uwes Kopf, um diesen festzuhalten.

Uwe versuchte sich gegen die heiße Flüssigkeit zu wehren und verschluckte sich mehrere Male und sackte bald darauf bewegungslos in seinem Stuhl zusammen.

„Uwe? Hey Uwe. Mensch, dass war doch nur Spaß. Uwe wach auf".

Ronny klatschte Uwe mit der flachen Hand an die Wange.

„Hey Uwe, mach doch ... Scheiße, Uwe", schrie er mehrmals.

Dann hielt Ronny seine Finger an Uwes Hals.

Kein Puls.

Er überprüfte den Brustkorb.

Keine Bewegung.

Die Atmung.

Kein Atem.

Ronny setzte sich in den Sessel und überlegte, was zu tun sei, aber er konnte keinen klaren Gedanken fassen.

Viele Menschen hatte er schon so gefoltert, aber bisher ist ihm noch keiner unter den Fingern weggestorben.

„Verdammt Uwe. Warum gerade Du?", dachte er.

Für fünf Minuten war es still im Raum.

Nur das Rauschen der Lüfter in den Rechnern war noch wahrzunehmen.

***

„Hier Trabant 601. Uwe bitte melde Dich", durchbrach die Stille und erschrak Ronny zugleich.

„Ja hier Uwe, alles Ok, Trabant 601", fiel Ronny nichts Besseres ein zu antworten.

„Sie sind nicht Uwe. Bitte holen Sie Uwe hierher, oder nennen Sie das Passwort".

„Was? Passwort, verdammt".

Ronny dachte angestrengt nach, aber ihm fiel nicht mehr ein, was der Professor am Anfang zu dem Kasten gesagt hatte.

„Trabant 601".

„Das ist nicht die Stimme von Uwe. Bitte nennen Sie mir das Passwort".

„Ah Du meinst wohl ich bin blöd, was?", dachte Ronny.

„Mein Bester", war Ronnys erster Versuch.

„Das ist nicht das gesuchte Passwort. Sie haben noch 2 Möglichkeiten, ehe sich das Programm von alleine schließt.

„Mein … verdammt, Mein Freund".

Das ist nicht das gesuchte Passwort. Sie haben noch 1 Möglichkeit, ehe sich das Programm von alleine …".

„Ja ja ja, verdammte Scheiße", dachte Ronny.

„Bitte geben Sie das gesuchte Passwort ein, oder holen Sie Uwe. Das Programm schließt in einer Minute und die Rechner werden heruntergefahren".

„Das darf doch wohl nicht wahr sein. Dann fahr doch runter Du scheiß Apparat", dachte Ronny zunächst.

„Nein. Ich brauche diesen einen Versuch noch, um vielleicht doch noch herauszufinden, ob es noch andere Menschen mit den Präparaten gibt. Überleg Ronny verdammt, überleg", ging es in seinem Kopf rum.

„Sie haben noch 20 Sekunden um das gesuchte Passwort einzugeben".

„... noch 10 Sekunden ...

... 5,

... 4,

... 3,

... zwe ...".

„Mein alter Freund", fiel Ronny noch ein, aber dann kam die Stimme aus dem Lautsprecher ein letztes Mal.

„Sie haben nicht das gesuchte Passwort eingegeben. Die Rechner fahren jetzt herunter".

„OK, ich habe ja zumindest die Aufnahmen von Peggy. Hoffentlich stimmen die Monika gnädig. So, und jetzt nichts wie weg hier".

Die Rechner fuhren in der Tat einige Sekunden danach herunter. Womit Ronny nicht gerechnet hatte, war, dass auch das Licht aus ging.

Der Speicher, der keine Fenster hatte, wurde mit einem Mal stockdunkel.

Ronny konnte seine Hand vor dem Gesicht nicht erkennen.

Erst einige Augenblicke später schien aus der geöffneten Luke ein schwacher Lichtschein nach oben. So fand Ronny den Weg nach unten.

Er verschloss die Öffnung, schob die Stange wieder hinter die Zarge und rückte diese wieder an ihren Platz.

Dann verschwand er aus dem Haus und lief einen schmalen Weg durch den Park.

Nach circa einem Kilometer traf er auf eine befahrene Straße, auf der durch Zufall ein freies Taxi fuhr. Er hielt es an, stieg ein und ließ sich zur Klinik und damit zu seinem SUV fahren.

***

Liebe Mama, lieber Papa,
liebe Trauergemeinde,

Es freut mich, dass ihr so zahlreich zu meiner Beerdigung gekommen seid.
Auch wenn ich es nicht selbst sehen kann,
denke ich doch, dass ihr meinem Wunsch nachgekommen und nicht komplett
in schwarz gekleidet hier aufgetaucht seid.
Ich kann mich kaum erinnern, dass es in meinem Leben etwas gegeben hat,
was mich an grau oder schwarz erinnern würde.
Gut es war natürlich auch nicht immer alles bunt,
aber in der letzten Zeit war ich sehr zufrieden mit meinem Leben.
Als Zeichen dafür tragt ihr heute hoffentlich alle etwas Farbenfrohes an Euch.
Ihr wundert Euch sicher, warum ich Euch diesen Abschiedsbrief hinterlasse.
Nun, ich habe schon mein ganzes Leben lang das Gefühl,
dass irgendetwas mit mir nicht stimmt.
Seitdem ich denken kann, fühlte ich mich,
als ob mich eine himmlische Macht überwacht.
Diese Macht, die ständig über mir thronte, schien mir,
ausgerechnet an meinem 30. Geburtstag, zu sagen,
dass ich nicht mehr lange zu leben hätte.
So fing ich an über mein Leben und über den Tod nachzudenken.
Ich wurde immer geliebt von meinen Eltern.
Mama und Papa dafür danke ich Euch sehr.
Ich werde Euch immer lieben.
Mir hat es auch nie an irgendetwas gefehlt.
Ich hatte stets gute Freunde und alles schien perfekt.
Nur da war diese Macht. Sie bestimmte mein Leben.

Von klein auf war sie da und ich konnte sie nicht
greifen, begreifen und beeinflussen.
Ab meinem 30. Geburtstag jedoch, beeinflusste sie mich.
Jeden Tag sprach sie zu mir:
„Du wirst bald sterben"
Ich konnte mit niemanden darüber reden.
Seid ehrlich, ihr hättet mir nicht geglaubt und ich
wäre am Ende in einer Psychiatrie gelandet.
Der Gedanke, dass ich bald sterben könnte,
veranlasste mich dann zu diesem Brief.
Wann er denn tatsächlich gelesen wird,
das kann ich nicht sagen.
Vielleicht ja schon Morgen, vielleicht auch erst in einem Jahr
oder auch erst in 50 Jahren, ich weiß es nicht.
Diese Macht sagt es mir nicht, obwohl ich sie fast täglich danach gefragt habe.
Heute sind es vier Wochen her, dass ich 30 geworden bin.
Also, wie lange liegt dieser Brief wohl in meinem Schächtelchen?
Keine Ahnung, aber wenn der Tag kommt,
wird er hoffentlich vorher gefunden und Euch jetzt vorgelesen.
„Der Tod gehört zum Leben", hat mal jemand gesagt.
So ist es wohl auch.
Ohne Leben gibt es auch keinen Tod.
Was nach dem Tod kommt, kann auch keiner sagen.
Aber ich sage Euch heute:
„Ich habe keine Angst vor dem Tod"
Denn ich weiß, dass ich nach meinem Ableben weiter geliebt werde.
Liebe ist das Zauberwort in der Menschheit.
Wenn es heißt:
„Der Tod gehört zum Leben",
dann gehört
„die Liebe zum Leben".
Wer geliebt wird stirbt nicht.
Erst wenn niemand mehr an mich denkt,
werde ich gestorben sein.
Liebe Trauergemeinde,
liebe Mama und lieber Papa,

ich wünsche Euch noch viel Liebe auf dieser Welt.
Vergesst mich nicht.

Ich liebe Euch
Eure Peggy

***

Mit dem Gedanken an Peggys Abschiedsbrief fuhr Ronny auf der Autobahn Richtung Norden. Er sah immer wieder die letzte Filmszene aus dem Video, indem Peggy ihr Fahrzeug gegen einen Baum lenkte vor sich.

„Warum? Was war da los? Wie konnte das passieren? Wieso hat sie die Kontrolle verloren? Warum, warum, warum?", schoss es dem 58-Jährigen immer wieder durch den Kopf.

Immer noch ging ihm das letzte Bild vom Baum nicht aus seinen Gedanken.

„Wie hat es Peggy wohl wahrgenommen? War es für Sie auch so schrecklich?".

Als er das Bild vom Baum zuletzt vor Augen hatte, wurde dieses rötlich eingetrübt.

„Hä, was ist los? Sehe ich jetzt schon Ihr Blut? Moment, nee. Scheiße".

Vor ihm fuhr ein grauer Kombi, der an der Heckscheibe eine digitale Anzeige hatte. Auf ihr stand in roten Buchstaben: „Bitte folgen" und wechselte dann auf „Polizei".

„Verdammte Scheiße, was wollen die denn? Ich fahr doch nur …", er sah auf den Tacho und musste eine erhebliche Überschreitung der Geschwindigkeit feststellen, mehr als noch vor zwei Kilometern auf dem Schild richtungsweisend gestanden hatte. Sofort fing Ronny an zu rechnen.

„Scheiße, 30 oder 40 zu viel".

Er folgte dem grauen Wagen auf einen Parkplatz und hielt direkt hinter ihm. Ein Mann und eine Frau stiegen aus dem Fahrzeug und kamen auf Ronny zu. Die Frau stellte sich an die Beifahrerseite, der Mann an die Fahrertür. Als erfahrener Dokumentationsgucker, was Serien über die Autobahnpolizei einschließt, wusste Ronny nur zu gut, was jetzt auf ihn einprasseln würde. So zückte er schon mal seine Brieftasche aus der Hosentasche und holte seinen Ausweis und seinen Führerschein heraus und öffnete per Knopfdruck das Seitenfenster.

„Guten Tag, Autobahnpolizei, ich bin Herr Schw…", in diesem Moment fuhr ein LKW auf der Bahn vorbei und hupte, sodass er den Namen nicht verstehen konnte.

„… sie wissen warum wir Sie anhalten?".

„Ja. Ich denke ich war etwas schnell unterwegs, stimmts?".

„Genau richtig. Darf ich Sie um ihre Ausweispapiere und den Fahrzeugschein bitten".

„Gern", sagte Ronny und streckte ihm die vorbereiteten Belege entgegen.

„Danke. Haben Sie bitte auch Ihren Fahrzeugschein?".

„Oh, ja natürlich. Moment".

Er kramte in seiner Brieftasche und zückte das gewünschte Dokument heraus und übergab dieses dem freundlich wirkenden Beamten.

Die Kontrolle dauerte schon etwas über zehn Minuten, in der die beiden Polizisten zu ihrem Auto gegangen waren und scheinbar mit irgendwem telefonierten oder über Funk etwas besprochen hatten. Da der Beamte Ronny angewiesen hatte das Fahrzeug nicht zu verlassen, blieb er hinter dem Lenkrad sitzen.

Mit einem Mal, wie ein Blitz aus heiterem Himmel, schoss es Ronny durch den Kopf, dass er ja noch die Pistole in der Manteltasche hatte. Und die trug er am Leibe. Seine Augen auf die Polizisten gerichtet und die rechte Hand vorsichtig in die Jackentasche greifend, begann sein Herz heftig an zu pochen.

„Verfluchte Scheiße. Was mache ich mit der Wumme?".

Er zog die Waffe langsam aus der Tasche und legte sie zunächst auf den Beifahrersitz, um die Hand frei zu bekommen, damit er das Handschuhfach öffnen konnte. Dann schnappte er sich die Pistole und legte sie sanft in das Fach. Gerade als er die kleine Klappe geschlossen hatte stiegen die beiden Beamten aus und kamen auf Ronny zu.

„Scheiße. Haben die mich beobachtet? Haben die was im Rückspiegel sehen können?", dachte Ronny, der sichtlich nervöser wurde.

„Also Herr Sommer, wir haben uns das Video angeschaut und haben einen Verstoß festgestellt. Möchten Sie sich das Video ansehen?".

Nein danke. Ich denke ich weiß was ich falsch gemacht habe".

„OK. Herr Sommer, auf Sie wird ein bisschen was zukommen. Wir haben Sie auf einer Länge von fünf Kilometern gemessen. Auf dieser Strecke wechseln die Geschwindigkeitsbeschränkung zweimal. Beim Ersten von der Richtgeschwindigkeit 130 Km/h auf 100. Nach weiteren zwei Kilometern dann auf 80 Km/h. Dies erfolgt daher, weil in wenigen Hundertmetern eine Baustelle beginnt. Wir haben Sie in dieser Phase mit einer Durchschnittsgeschwindigkeit von 123 Km/h gemessen. Das bedeutet …".

„Ja bla bla. Verdammt noch mal. Du hast Recht. Ich war zu schnell. Ich habe es doch schon zugegeben, was willst Du denn noch? Sag mir was ich bezahlen muss und dann lass mich weiterfahren. Ich habe es verdammt noch mal sehr eilig Du verdammter scheiß Bulle", hätte ihm Ronny gern gesagt. Aber das hat er sich zum Glück nicht gewagt. Zumal da die

Pistole im Handschuhfach sicher nicht behilflich war, wenn man die Beamten auf diese Art um eine Fahrzeugkontrolle „bittet".

Ronny hörte sich das sehr verständnisvoll an und gab bei jedem Satzende des Polizisten ein kleines „Ja" oder ein „Mhhm", ab.

Nachdem er sein Warndreieck und den Verbandskasten gezeigt hatte, erhielt er das Strafmandat und seine Papiere, mit der Bitte seine Fahrt nun langsamer und angepasster fortzuführen, zurück.

Ronny nickte und verabschiedete die Polizisten freundlich und setzte seine Tour, nun darauf achtend nicht zu schnell zu sein, fort.

„Mann, Mann, Mann, das war knapp. Was soll ich bloß mit der Pistole machen? Wenn mich damit jemand sieht bin ich geliefert. Aber ich muss sie doch irgendwie loswerden. Scheiße, das ist jetzt eine Tatwaffe.

Ja, verdammt ich habe damit jemanden umgebracht …

… nein, beruhige Dich Ronny, Du hast ihn nicht damit erschossen", versuchte er sich gedanklich zu beruhigen.

„Er ist erstickt. Dafür kannst Du doch nichts", sprach eine innere Stimme zu ihm.

„Jetzt werde ich bekloppt. Ich rede schon mit mir selbst. Ich brauche eine Pause und einen Kaffee".

Seinen „Kindergarten-Kaffee" hatte er ausgetrunken und er war schon mehrere Kilometer weitergefahren, als ihn Monika in den Sinn kam.

Er dachte darüber nach, wie sie ihn wohl empfangen würde, wenn er in ein paar Stunden wieder in die Garage fährt und durch die Tür ins Haus kommt.

„Fifty-Fifty-Joker", dachte er.

„Entweder es stehen meine Koffer vor der Tür, das Schloss ist ausgetauscht oder sie sitzt auf der Couch und wartet auf mich und lässt mich ihr alles erklären. Wir schauen zusammen die Videos an und dann überlegt Sie nochmal, ob ich nicht doch bei ihr bleiben kann.

***

Seine Hand war erstaunlich ruhig, als er den Haustürschlüssel in das Schloss schob. Dieser passte noch. Also hatte Monika nicht, wie befürchtet, das Schloss ausgetauscht. Ronny lief langsam und leise durch den Flur und blickte sich nach seiner Frau um. Sie war nirgends zu sehen oder zu hören. Vom Flur gingen alle Zimmer ab. Alle Türen standen offen. Im Bad war sie nicht, in der Küche auch nicht. Im Schlafzimmer schien sie auch nicht zu sein. Dort war das Bett ordentlich gemacht. Also konnte sie nur noch im Wohnzimmer sein.
Fehlanzeige. Auch hier fand er seine Frau nicht.
„Hää?".
„Hallo, jemand zuhause?", rief er.
Keine Reaktion.
„Komisch, wo ist sie nur? Aber gut, dass Sie nicht da ist, dann kann ich die Pistole wieder in den Safe legen", dachte Ronny. Er legte die Waffe in die dafür vorgesehene Schatulle, schloss den Safe und war gerade dabei das große Bild mit dem Ahnenbaum wieder vor den Tresor zu ziehen, als Monika plötzlich in den Raum kam und ihn mit ihren Worten fast zu Tode erschreckte.
„Ach Du bist wieder da. Was machst Du da?".
„Mein Gott Moni, hast Du mich erschreckt. Wo kommst Du denn so plötzlich her?"
„Na ja, Ich war im Keller und habe die Wäsche aufgehangen, aber was machst Du da am Safe?".

„Ähmm, nichts. Habe nur mal so reingeschaut".

„Soso, nur mal so …".

„Ja … Monika, kann ich mal mit Dir reden?", fragte Ronny nach einer kleinen Gedankenpause.

„Ja sicher. Soll ich uns einen Kaffee machen?".

„Herzlich gern, danke".

„Oh, herzlich gern. Der muss aber etwas ausgefressen haben, dass er so freundlich ist", dachte Monika, während sie sich in die Küche begab.

Eine halbe Stunde später saßen die Zwei am Küchentisch und waren in ein ernstes Gespräch vertieft.

Zunächst wollte Monika wissen, wo Ronny sich aufgehalten hatte. Er sähe doch sehr müde und abgespannt aus. Sie ließ die Vermutung aufkommen, dass er wohl im Auto geschlafen hätte und machte sich zur Freude von Ronny Sorgen um ihn.

Jetzt überlegte Ronny tatsächlich darüber nach, wann er überhaupt geschlafen hatte. Es stimmte. Er hatte nur einmal kurz auf einem Rastplatz die Augen zu gemacht. Sonst war er ständig wach. Seit mehr als 20 Stunden.

Wahnsinn.

Die letzten Stunden schienen sich in seinem Gesicht widerzuspiegeln.

Er fühlte kurz in sich hinein und merkte wie ausgelaugt er war. Seine Augen konnte er kam offenhalten und seine Gedanken waren nicht mehr in Reih und Glied zu bringen.

Er überlegte, wie er Monika etwas erklären sollte und hatte dabei die Bilder aus Bayern im Kopf. Dann dachte er an die Situation im heruntergekommenen Haus und hatte Bilder von der Polizeikontrolle im Hirn.

„Entschuldige Monika, Du hast Recht. Ich denke ich sollte erst mal ins Bett gehen und etwas Schlaf nachholen. Danach reden wir weiter. Ist das in Ordnung?".

„Ja sicher".

Mit einem riesen Schreck wachte Ronny einige Stunden später auf.

Er hatte geträumt.

Er saß in einer kleinen, dunklen und engen Gefängniszelle und hatte wahnsinnigen Hunger. Sein Magen knurrte so laut, dass er davon wach geworden war.

„War das nun ein Traum, oder tatsächlich mein Magen?", fragte sich Ronny.

„Nee, der erste Teil war wohl wirklich ein Traum, schrecklich".

Er stieg aus dem Bett und schlurfte in die Küche. Dort räumte Monika gerade etwas in den Kühlschrank. Ronny lief auf sie zu und wollte sie eigentlich gern umarmen, aber da dachte er, dass das wohl keine gute Idee sei. So ging er zum Tisch, sagte kein Wort und setzte sich auf einen Stuhl.

Monika drehte sich zu ihm um und sah ihm lange in die Augen. Sie wartete darauf, dass er etwas sagen würde. Aber Ronny blieb stumm. Nach einer Weile klopfte er mit der Hand auf die gegenüberliegende Tischkante und deutete damit an, dass sich Monika doch hinsetzten solle.

Nach so einer langen Ehe verstand Monika die Handzeichen ihres Mannes sehr gut und so setzte sie sich.

„Danke", sagte er.

„Wofür?".

„Dafür, dass Du mich nicht wieder rausgeschmissen hast und ich ausschlafen durfte".

„Du hast es wohl nötig gehabt. Hast fast 7 Stunden geschlafen. Das hast Du schon ewig nicht mehr geschafft. Geht es Dir denn jetzt besser?".

„Ja. Danke. Das Schlafen hat mir sehr gutgetan. Aber jetzt habe ich wahnsinnigen Hunger. Hast Du eine Schnitte für mich?".

„Möchtest Du was von dem Eintopf, den ich gestern gemacht habe. Ich mach ihn Dir schnell warm, ja?".

„Gern. Danke".

Während Ronny einen Löffel nach dem Anderen von der leckeren Erbsensuppe aß, versuchte Monika vorsichtig ein Gespräch anzufangen.

„Sagst Du mir wo Du die Nacht warst? Ich habe mir solche Sorgen gemacht. Dein lieber Zettel hat mich nicht gerade beruhigt".

„Also ... ich war in Bayern...

... bei Professor Schlingbein".

„Was? Da bist Du runtergedüst? Was wolltest Du denn noch von ihm?".

„Nun ja, Monika. Deine letzten Worte, bevor Du gar nicht mehr mit mir geredet hattest, waren, dass Du gern Bilder von Peggy sehen wolltest. Ich habe sie besorgt".

„Was? Du hast tatsächlich ... das gibt es doch nicht ... wirklich?".

„Ja. Ich musste doch etwas finden, um Dir zu zeigen ... um Dir zu beweisen, dass ich Dich sehr liebe und das ich liebend gern weiter mit Dir Leben möchte. Egal was früher war, wenn Du mir verzeihen kannst. Darum bin ich die ganze Nacht durchgefahren und habe mir Uwe gekrallt".

Mit seinen Worten schoss ihm das Bild von Uwe, wie dieser gefesselt und ohne Atemzug auf dem Stuhl sitzt, durch den Kopf. Uwes Mund war weit geöffnet und der Rachenraum vom heißen Wasser gerötet. Seine Augen standen sperrangelweit auf und das Gesicht war bläulich.

Schnell musste Ronny diese Bilder aus seinem Kopf rausbekommen. Er musste sich jetzt voll und ganz auf Monika konzentrieren.

Nur sie war seine Zukunft.

Würde sie ihm jetzt doch noch den Laufpass geben, könnte sein Traum von eben zur Wahrheit werden. Der Traum von der kleinen, dunklen und engen Zelle.

„Und Du hast tatsächlich Bilder von Peggy von ihm bekommen?".

„Ja, Moni. Und nicht nur Bilder. Er hat mir ein paar USB-Sticks fertig gemacht mit Aufnahmen der gesamten letzten Woche, die Peggy noch gelebt …", weiter konnte er nicht sprechen. Zu weh taten ihm jetzt die Erinnerungen an die jetzt vor ihm umhergeisternden Bilder von Peggys letzter Autofahrt und dem Baum.

„Ich sagte zwar, dass ich gern noch Bilder von Peggy sehen wollte, aber ich habe doch nicht damit gerechnet, dass es wirklich welche gibt. Hast Du sie Dir schon angesehen?".

„Ich habe mir nur einen kleinen Teil zeigen lassen, ehe Uwe die Filme auf die Sticks zog".

„Und der Professor hat sie Dir einfach so ausgehändigt? Er muss großes Vertrauen zu Dir haben. Wenn das rauskommt, wandert er für den Rest seines Lebens hinter Gittern".

„Ja, so einfach wollte er die Aufzeichnungen nicht rausrücken, aber ich hatte noch von früher einen Gefallen bei ihm offen. Daran habe ich ihn erinnert. Er konnte also gar nicht anders. Naja, und schließlich waren wir mal sehr gute Kumpels".

„Ja schon, aber …".

„Egal. Willst Du die Filme sehen oder jetzt dann eher doch nicht?".

„Ich weiß nicht. Irgendwie schon, aber irgendwie dann auch nicht".

„Überleg es Dir. Es ist keine leichte Entscheidung. Auch ich habe Angst davor. Die Bilder, die ich mir in Bayern schon angesehen habe, sind nicht leicht zu verarbeiten. Das solltest

Du wissen. Auf der Rückfahrt habe ich viel darüber nachgedacht.

Wir sind wahrscheinlich die einzigen Eltern, die den Unfall ihres Kindes sehen, obwohl wir nicht dabei gewesen sind. Der Gedanke lässt einen nicht so einfach los".

„Ich habe mich bereits entschieden, Ronn. Ich will diese Filme sehen. Wann können wir starten?".

„Bist Du Dir da absolut sicher? Das Abspielen der Filme ist kein Problem, das ist schnell gemacht. Stick in den Fernseher und schon geht's los". „Ja, ich will das jetzt sehen. Wenn ich weiter darüber nachdenke, werde ich nur wahnsinnig. Mir fehlt Peggy so sehr. Ich will sie nochmal sehen".

„Ähhm … also Peggy wirst Du nicht sehen können. Außer sie steht vor einem Spiegel. Du kannst nur das sehen, was auch Peggy gesehen hat".

„Achso, ja. Trotzdem. Lass uns die Sticks angucken, ja?".

„Ok, aber da muss ich Dir noch etwas zu sagen …".

Es war schon kurz vor zwei Uhr nachts, als Monika und Ronny mit dem sechsten Stick der insgesamt sieben durch waren. Bei beiden flossen die Tränen am laufenden Band. Die letzten Tage in Peggys Leben waren so aufregend schön und so liebevoll. Dadurch, dass der Film mit Ton war, konnte man sie Lachen hören. Sie hatte so ein bezauberndes Lachen, dass man gar nicht anders konnte, als mitzulachen. Obwohl keinem auf der Couch zum Lachen war, taten sie es zwischendurch doch.

Sie sahen sich die Filme nicht in kompletter Länge und auch nicht in chronologischer Reihenfolge an, sondern spulten immer wieder weiter vor, wenn scheinbar nicht so viel passierte. Zum Beispiel wenn Peggy schlief, oder sich im Bad fertig machte. Monika entschied das so, obwohl Peggy in diesen Sequenzen tatsächlich mal im Spiegel zu sehen war.

„Sollen wir den letzten Teil Morgen angucken, oder bist Du noch aufnahmefähig für den letzten?", fragte der ausgeschlafene Ronny.

Der letzte Teil war der vom fünften Mai. Der Tag des Unfalls. Für beide der wohl schlimmste Teil, obwohl der siebente auch fast nicht zu ertragen war. Dort sah man aber überwiegend die weiße Decke des Krankenhauszimmers und ein paar Male die Ärzte und Schwestern, wie sie immer wieder versuchten Peggy ins Leben zurückzuholen.

Obwohl Monika und Ronny wussten, dass es nach dem letzten Versuch keine Atemgeräusche von Peggy mehr geben würde, saßen Sie gespannt vor dem Fernseher und hofften, dass es doch noch ein Happyend geben könnte. Aber das war kein Fernsehfilm, in dem ein fröhliches Ende vorprogrammiert war.

Das war die Wirklichkeit. Brutal ehrlich und nichts geschönt.

„Ich kann doch jetzt sowieso nicht schlafen. Was glaubst Du wohl? Ich bin noch stark genug für den letzten Stick".

„Also gut. Aber Du sagst mir sofort Bescheid, wenn Du nicht mehr kannst. Es wird sehr hart. Das weißt Du. Ich kann den Film jederzeit anhalten".

Monika sagte kein Wort mehr, sie nickte Ronny nur zustimmend zu.

„Jetzt steigt sie ins Auto. Sie winkt ihm noch zu. Wie verliebt sie doch war ... unsere Peggy".

„Möchtest Du den Film jetzt wirklich weitersehen, Moni?".

„Ja, lass ihn bitte weiterlaufen. Ich muss wissen, was passiert ist, als ich mit ihr telefonierte".

Ronny drückte die Pausentaste und sagte seiner Frau, dass er kurz auf die Toilette müsse.

Als er sich im Spiegel sah und sich dabei die Hände wusch dachte er an Uwe.

„Warum gerade jetzt? Warum kommst Du Scheißkerl mir gerade jetzt in den Sinn? Ich will Dich nicht mehr sehen. Verschwinde aus meinem Leben. Monika scheint mir zu verzeihen. Was geschehen ist, ist geschehen. Ich kann Dich nicht wieder lebendig machen. Was kann ich dafür, dass Du nicht vernünftig schlucken kannst. Hast doch früher auch geschluckt, wie ein Rohrspatz. Also verschwinde".

Mit kaltem Wasser spülte sich Ronny seine schlimmen Gedanken und Bilder aus dem Gesicht und setzte sich wieder neben Monika auf die Couch. Dann startete er, ohne weiteres Nachfragen, per Fernbedienung, den Film.

„Also gut, Monika. Mach Dich auf was gefasst", dachte Ronny und ließ den Film weiterlaufen.

„Oh nein, jetzt kommt gleich die Stelle, wo Peggy ihren Unfall hat. Möchte ich das wirklich sehen?", fragte sich Monika still und heimlich.

„Kind, was ist bei Dir los?", ertönte es aus den Lautsprechern des Fernsehens.

Dann sah man diesen Baum auf das Auto zukommen.

Natürlich war es genau umgekehrt, aber es schien beinahe so, als ob dieser dicke Stamm auf das Fahrzeug zu rannte.

Alles ging so schnell.

Dann war der Bildschirm schwarz.

Ein lauter Aufprall.

Ein leises Schnaufen.

Ein durchdringliches Schreien: „Peggy? … Peggy? … Peggy? … Peggyyyyyy".

„Soll ich ausmachen?", fragte Ronny.

„Nein, aber kannst Du noch mal zurückspulen?".

„Du willst Dir das noch mal antun?".

„Ich muss, Ronn. Ich muss".

Fünf oder sechsmal zeigte Ronny Monika die letzte Szene und konnte es kaum glauben, dass seine Frau das aushielt.

Sie war so stark.

So hatte er seine Angetraute selten erlebt. Meist war sie schüchtern, schwach und kaum belastbar. Zumindest wenn es um solche Sachen ging.

Hatte er sich so in sie getäuscht? War sie doch viel stärker, als er es jemals vermutete? Wie hatte er nur die ganzen Jahre über sie gedacht?

Plötzlich kamen ihm wieder Gedanken in den Kopf.

Gedanken aus längst vergangenen Tagen.

Und wieder fuhr ein Zug an ihm vorbei. Wieder war es ein ICE. Jetzt schienen die Fenster sogar noch schneller an ihm vorbeizufahren, ja beinahe zu fliegen.

Aus dem ICE wurde plötzlich ein Düsenjet.

Das „feuchte" Kennenlernen, der erste Kuss, die Wohnungssuche, die Hochzeit, Peggys Ankunft in der Familie, sein Fluchtversuch mit Jens, seine Beförderung zum Offizier, die Arbeit in der Poliklinik, die vielen Urlaube mit Monika und Peggy, das freundliche Miteinander in der Familie, das herzhafte Lachen seiner, nicht leiblichen, Tochter, die tollen Momente mit seiner Frau, die immer zu ihm stand, egal was passierte.

Auf Einmal knallte es in seinem Kopf. Er war wieder in der Realität angekommen.

Monika hatte sich die Fernbedienung genommen und noch einmal zurückgespult.

Eine Geräuschkulisse aus Scheibenbersten, Metallquietschen und Aufpusten des Airbags in nur einer Millisekunde und des vorangegangenen Aufpralls gegen den Baum, ließ Ronny aus der Vergangenheit in die Gegenwart zurückkommen.

Ganz blass und starr saß er auf der Couch. Erschrocken und etwas zitternd sah er sich zu Monika um.

Sie drückte erneut die Rückspultaste und bemerkte die Blicke von Ronny nicht.

Wieder ging dieser herzzerreißende langgezogene Name durch den Raum, auf den es nur ein paar leise Atemzüge als Antwort gab.

„Wie oft willst Du Dir das noch reinziehen?".

„Bis ich die Antwort gefunden habe. Und ich bin ihr schon auf der Spur".

„Wie meinst Du das?".

„Hier guck mal", sagte Monika nachdem sie auf eine bestimmte Stelle des Films spulte.

„Siehst Du das. Da".

Sie stoppte den Film und zeigte mit dem Finger auf eine Stelle.

Ronny versuchte dem Zeigefinger zu folgen und suchte auf dem Bildschirm die vermeintlich brisante Stelle.

„Ich sehe nichts. Was meinst Du".

„Na da. Guck mal in den Seitenspiegel".

Tatsächlich. Dort war etwas zu sehen, jedoch konnte Ronny es nicht genau erkennen.

„Ich kann nur diese Position nicht so schnell stoppen, wie sie vorbei ist. Kannst Du es mal versuchen. Vielleicht kannst Du ja die Stelle besser treffen".

„Ja, gib mal her".

Ronny spulte zig Mal hin und her.

Nach einigen Versuchen stoppte er den Film und rief laut: „Scheiße".

„Oh mein Gott", kam von Monika hinterher.

„Das ist ... da ist ein ...".

„Ja, Moni, Du hattest Recht. Da ist tatsächlich etwas. Ein Auto".

„Oh nein. Wie kann das sein? Wurde Peggy abgedrängt? Gab es einen Zusammenstoß? Haben die bei der Polizei etwas davon gesagt, dass sie Spuren von einem anderen Auto gefunden haben? Ich kann mich nicht daran erinnern, Du?".

„Nein, ich auch nicht. Da ruf ich morgen früh, das heißt heute früh gleich mal an und frage nach".

Ronny machte von dem Bildschirm eine Aufnahme mit dem Handy um diese Einstellung nicht zu verlieren. Anschließend ließen sie diese Filmsekunden andauernd laufen um eventuell noch weitere Anhaltspunkte oder Beweismittel zu erlangen. Letztlich blieb es bei dem einen Foto.

Gegen fünf Uhr morgens lagen Monika und Ronny im Bett und unterhielten sich noch eine Weile, ehe sie übermüdet einschliefen.

Um 11:26 Uhr wurden sie vom Telefonklingeln geweckt.

Monika schlich vorsichtig, aber doch flott aus dem Bett. Sie hatte nicht gemerkt, dass auch Ronny wach geworden war und wollte so leise wie möglich aus dem Schlafzimmer zum Telefon ins Wohnzimmer gehen. Der Apparat ließ nach dem fünften Mal klingeln den Anrufbeantworter angehen. Monika hörte die letzten Worte des Ansagetextes und den Piepton, ehe sie dann ein Auflegen des Gesprächspartners vernahm.

Sie nahm das Basisgerät in die Hand und suchte im Display nach dem Namen des Anrufers.

„Unbekannter Teilnehmer. Na wenn es wichtig war, wird er schon wieder anrufen", dacht Monika.

„Wer war das?", fragte Ronny verschlafen in den Raum schleichend.

„Keine Ahnung. Es wurde keine Nummer angezeigt".

Als Monika und Ronny eine halbe Stunde später am Frühstückstisch saßen klingelte erneut das Telefon. Monika lief zum Hörer.

„Also das war ja vielleicht ein komisches Telefonat. Sag mal, ähmm … sagt Dir der Name Vöppke oder Völlke etwas?".

„Ja, das ist die kleine Stadt in der ich mit meinen Eltern gewohnt habe, als ich noch Jugendlicher war, warum? Wer war da am Telefon?".

„Das weiß ich nicht. Der Mann hat sich nicht vorgestellt. Er wollte eigentlich Dich sprechen, aber ich habe ihm gesagt, dass Du nicht da wärest".

„Wieso? Warum verleugnest Du mich?".

„Wir sind gerade mal erst aus dem Bett raus. Ich dachte Du wolltest noch Deine Ruhe".

„Was wollte er?".

Zunächst wollte er nicht mit der Sprache herausrücken, aber dann hat er auf einmal losgeplappert wie ein Wasserfall".

„Nu sag schon, was wollte der Typ?".

„Ja, nu lass mich doch ausreden. Also er sagte, ich solle Dir ausrichten, dass ein gewisses Wohnhaus in diesem Vöp…".

„Völpke".

„Ja richtig, also dass ein bestimmtes Haus in diesem Ort übermorgen abgerissen wird. Und Du sollst in diesem Haus noch einen geheimen Platz kennen. Stimmt das?".

„Verdammt, ja. Oben auf dem Dachboden. Da hatten wir ein Versteck".

„Wir? Wer wir?".

„Ich und …".

„Und wer?".

„Ich glaube, ich habe Dir nie von ihm erzählt. Er war damals ein sehr guter Freund von mir. Wir haben viel Blödsinn miteinander getrieben. Eines Tages war er dann plötzlich verschwunden. Einfach so. Es dauerte nicht lange, da ging im Ort das Gerücht um, er sei mit seinen Eltern in die BRD geflohen. Man hat nie wieder etwas von denen gehört. Die Wohnung war sehr schnell wieder neu vermietet".

„Meinst Du der Anrufer war dieser …, wie hieß er?".

„Egal, ich kann mich gerade auch nicht erinnern", sagte Ronny ohne rot zu werden. Denn er wusste natürlich genau, wer dieser Junge von früher war. Er hatte schließlich dessen Bild, wenn auch nur das Jugendbild, während er seine Worte aussprach, genau vor sich.

Nach dem passfotoähnlichen Bild kam ihm die Situation am Zaun in den Kopf.

Er sah, wie auf einem alten Schwarz-weiß Foto, das Gewehr des Grenzsoldaten und die erschrockenen Augen von seinem Freund, der seine Finger tief im Zaun vergrub.

„Du hast meine Frage aber noch nicht beantwortet. Meinst Du, das war dieser Junge, also jetzt Mann?".

„Das kann ich mir nicht vorstellen. Warum sollte der sich nach so langer Zeit melden und dann auch noch mit einer solchen Information?".

„Ich weiß es auch nicht. Aber scheinbar weiß dieser Mann, dass dort ein geheimer Ort zu finden ist, den Du auch kennst".

Ronny dachte einen Moment nach.

„Ich weiß, das klingt jetzt wahrscheinlich blöd, aber …".

Monika sah ihn angespannt und neugierig zugleich an, ohne etwas zu sagen.

„… ich würde tatsächlich gern noch mal nach Völpke. Wenn das Haus tatsächlich abgerissen wird, würde ich es gern noch einmal sehen wollen. Ich habe da über zehn Jahre drin gewohnt. Außerdem ist es interessant, wie sich der Ort verändert hat. Auch nach der Wende. Vielleicht erkenne ich das Haus gar nicht mehr. Es hat vielleicht eine neue Fassade, oder wurde einfach nur neu angestrichen".

„Wenn die das renoviert hätten, wäre dann Dein geheimes Versteck nicht auch weg?".

„Hmm, vielleicht. Wenn ich nicht hinfahre, werde ich es nicht erfahren, oder?".

„Du willst da wirklich hin? Wann? Etwa heute noch? Ich sehe es in Deinen Augen, Du willst da heute noch hin, stimmts?".

„Ja. Möchtest Du mitkommen?", fragte Ronny und dachte, dass sie hoffentlich „Nein" sagt.

„Nee Du, da fahr mal schön allein hin".

„Wärest Du mir sehr böse, wenn ich dahinfahre?".

„Nein, mach nur. Scheint Dir ja sehr wichtig zu sein".

„Moni. Ich weiß wirklich, dass wir jetzt eigentlich etwas Anderes klären müssten, aber …".

„Schon gut. Das können wir Morgen auch noch klären. Oder ich kläre das allein".

„Verdammt. Nein. Ich möchte Dich das nicht allein durchmachen lassen".

„Dann lass uns das eine heute klären und Du fährst Morgen nach Vöp…".

„Völpke".

„… ja, genau, dahin. Was sagst Du dazu? Vielleicht komme ich dann ja doch mit. Aber heute kann ich hier einfach nicht weg. Die Nacht sitzt mir noch ganz schwer im Kopf und der Haushalt muss auch noch erledigt werden. Wann soll ich das denn sonst machen, wir haben Wochenende. Am Montag muss ich wieder zur Arbeit. Ich brauche auch und gerade jetzt etwas Ruhe um darüber nachzudenken und das Gesehene zu verarbeiten. Lass uns jetzt zu Ende frühstücken und dann gehen wir zur Polizei und zeigen denen unser Bild", sagte Monika.

„Was? Nein Moni, das können wir nicht. Ich habe diese Filme offiziell nicht. Verstehst Du? Diese Filme dürfen auf keinen Fall veröffentlicht werden, und schon gar nicht in die Hände der Polizei gelangen. Das würde bedeuten, dass ich wahrscheinlich ins Gefängnis müsste".

„Was?

Warum solltest Du deswegen ins Gefängnis müssen?".

„Weil ich bei diesem Projekt mitgemacht habe ... früher".

„Achso, ja, verstehe ... ich nicht wirklich. Das ist doch für Dich schon verjährt. Da hast Du doch nichts mehr mit zu tun".

„Bitte, lass die Polizei aus dem Spiel. Ich bitte Dich. Keine Polizei".

„Wie stellst Du Dir das vor? Was sollen wir denn mit unserem Wissen anfangen?".

„Ich habe es Dir, bevor wir die Filme gestartet haben, gesagt. Es wird schwer werden, diese Bilder zu verarbeiten, aber wir dürfen mit Niemanden darüber reden".

„Ja das hast Du mir gesagt. Aber verstehen kann ich es immer noch nicht. Weißt Du, jetzt haben wir vielleicht einen Beweis, dass es kein Unfall war und können nicht zur Polizei. Die könnten bestimmt das Material nochmal durchsehen und vergrößern oder was auch immer. Die haben doch viel bessere Möglichkeiten als wir hier am Fernsehen, oder?".

„Ja, das haben die. Ganz bestimmt sogar, aber bitte glaube mir, ich kann diese Filme nicht weggeben. Ich komme sonst in Teufelsküche".

„OK, Ronny. Was gedenkst Du stattdessen zu tun?".

***

Monika und Ronny redeten noch eine Weile und bevor es noch zu einem Streit kam, willigte Monika ein, dass Ronny morgen allein nach Völpke fährt. So hatten beide noch Zeit für Sachen, die an einem Samstag zu erledigen waren. Putzen, Einkaufen, Mittagessen kochen und ausruhen.

Am Abend vor dem Fernseher hatte Monika keine Ruhe. Sie konnte sich nicht auf das Abendprogramm einlassen. Der Film in der Flimmerkiste sprach sie einfach nicht an. Sie ließ

Ronny auf der Couch sitzen und verschwand in der Küche. Dort holte sie sich ein Rätselheft und fing an ein Sudoku zu lösen.

Auch Ronny sah nur mit halber Kraft voraus auf den Bildschirm.

Jens und Völpke schwirrten in seinem Kopf herum.

Was waren das für unbeschwerte Kindertage mit seinem damals besten Freund. So viel gelacht hatte er seitdem nie wieder.

Geht einem mit dem Alter das Lachen aus?

Frisst der Alltag und die vielen Verantwortungen und Vorhaben, die wir im zunehmenden Alter haben, unser kindliches Gemüt?

Kann man das Lachen verlernen?

Wann hatte er das letzte Mal so richtig herzhaft gelacht?

Eigentlich fiel ihm da nur die Zeit seiner Kinder- und Jugendzeit ein, in der er Bauchschmerzen vor Lachen hatte.

Der Film in der Glotze war nur Berieselung und wurde von Ronny nicht mehr wahrgenommen.

Hätte man ihn Morgen gefragt: „Was haben Sie gestern Abend im Fernsehen gesehen", hätte er es nicht wirklich beantworten können. Klar, er hätte sagen können, dass es ein Krimi war, aber über die Handlung und über Schauspieler hätte er nichts sagen können.

Sein Film ging in Richtung Vergangenheit. Und er fühlte sich dabei gut. Ja sogar ein kleines Lächeln durchzog sein Gesicht, bei dem Gedanken, an die schöne Zeit. Vielleicht seine schönste Zeit.

Was hatte er bloß aus seinem Leben gemacht?

Wieso hatte er Jens damals verraten?

Weshalb konnte er nicht zu seinem besten Kumpel stehen?

Warum hatte er so vielen Menschen so viel Leid angetan?

Plötzlich wurde Ronny sehr wehleidig und depressiv.

Die Mischung aus Lachen und Weinen in seinem Film machte ihm schwer zu schaffen. Die Bilder vermischten sich und wurden bald zur Qual für Ronny. Das fröhliche Kinderlachen und das Schreien und Weinen der gequälten Personen, die er im Verhörraum oder in den Zellen, als Offizier des MfS, ausübte, ließen ihn in eine sehr trübe Stimmung verfallen. Er versuchte noch mit den Erinnerungen an vergangene Urlaube oder Momente mit Monika und Peggy gegenzusteuern, aber immer wieder waren die gepeinigten Gesichter seine Opfer das Letzte was auf seinem Bildschirm, seinem inneren Auge, zu sehen war.

Wie konnte es damals nur dazu kommen, dass er so herzlos geworden war?

Im Grunde genommen war er doch ein liebevoller Mensch. Er hatte eine tolle Kindheit und fantastische Eltern. Waren sie es nicht, die extra wegen ihm in dieses kleine Nest namens Völpke zogen, damit der Junge nicht in einer Großstadt aufwachen musste. Damit er seine jungen Jahre mit Landluft und ohne Sorgen verbringen konnte?

Was hatte er früher viel Spaß und Freude … bis zu diesem Tag am Zaun.

Dieser Tag änderte sein Leben.

Komplett.

Ronny versuchte sich an einen Tag zu erinnern, an dem er danach noch einmal so herzhaft und erfrischend gelacht hatte, wie vor diesem Tag an der Grenze, aber es fiel ihm keiner ein.

Nicht einmal zu seinem 18. Geburtstag, oder einer anderen Feier. Auch bei der Nachricht, dass Peggy jetzt bei Ihnen bleiben durfte, nicht. Nein, nicht einmal bei seiner Hochzeit mit Monika hatte er so ein Lachen in seinem Gesicht, wie es damals mit Jens war.

„Jens!", dachte Ronny.

„Verdammt, Jens. Was hast Du vor? Du kannst doch nur der Anrufer gewesen sein. Nur Du weißt von unserem Versteck. Wird das Haus wirklich abgerissen? Wohnte da keiner mehr drin, seit wir damals ausgezogen sind? Morgen werde ich es herausfinden!".

Der Abspann des Filmes lief über die Mattscheibe und Ronny nahm die Fernbedienung und schaltete zwischen den Sendern hin und her. Kein Programm interessierte ihn wirklich. Nur ein sinnfreies umschalten und damit noch etwas Zeitgewinn, ehe es ins Bett ging. Davor setzte er sich noch kurz zu Monika an den Küchentisch und schaute ihr beim Lösen eines Kreuzworträtsels zu.

„Bezirk von Berlin – Britz", sagte er und erstaunte Monika mit seinem Wissen.

„Woher kennst Du Dich in Berlin aus?".

„Habe ich mal gehört".

Monika hatte alles was sie sich für heute vorgenommen hatte geschafft.

Ronny ging mit zum Supermarkt und schob brav den Einkaufswagen und schleppte anschließend das Gekaufte vom Auto ins Haus. Danach sahen die beiden sich lange Zeit nicht. Er verschanzte sich in seinem Hobbykeller und bastelte an irgendetwas. Sie bügelte und legte die Wäsche zusammen, putzte und kochte. Jetzt waren sie wieder in einem Raum und sprachen dabei kaum ein Wort.

Monika war in ihr Rätsel vertieft und Ronny war sehr nachdenklich.

Nur ein paar Minuten noch, dann gingen sie zusammen ins Bett.

Am Sonntagmorgen stand Ronny früh auf. Er bereitete das Frühstück vor indem er den Kaffee aufsetzte und ein paar

Aufbackbrötchen in den Ofen schob. Dann deckte er den Tisch.

Vielleicht vom Duft des Kaffees oder vom Röcheln der Maschine wurde Monika geweckt. Sie drehte sich zu ihrem Wecker um und starrte ihn an. „Nee. Das darf doch wohl nicht wahr sein, so früh?". Wenn beide sonntags lange schliefen, war es nicht vor 9 Uhr, heute jedoch waren es 2 Stunden früher. Monika überlegte kurz sich noch einmal umzudrehen und weiter zu schlafen, aber das klappern am Küchentisch störte ihren Versuch. So stand sie auf und ging verschlafen in die Küche. Dort empfing sie Ronny mit einem breiten Lächeln auf dem Gesicht.

„Guten Morgen mein Engel. Ich hoffe ich habe Dich nicht geweckt. War ich zu laut?".

„Nein, nein, alles gut. Weiß auch nicht … ich habe so schlecht geschlafen".

„Komm setz Dich. Ich bring Dir den Kaffee. Die Brötchen sind auch gerade fertig geworden".

„Was ist mir Dir los, Ronny. Du schon so früh wach und dann auch schon so aktiv. Das kennt man gar nicht von Dir".

Ronny lächelte seine Frau nur freudestrahlend an und goss dabei den Kaffee in ihre Tasse.

„Du weißt doch, ich wollte heute nach Völpke. Da muss ich früh losfahren. Möchtest Du nicht doch mitkommen?".

„Ich glaube ich bleibe besser hier, wenn es Dich nicht stört?".

„Schade. Ich hätte gedacht wir machen mal wieder einen kleinen Ausflug zusammen. Du kennst Völpke ja nicht, oder?".

„Wer kennt schon Völpke? Das liegt bestimmt am Ar... der Welt", drückte sich Monika gerade noch vornehm aus, indem sie das Wort Arsch nicht aussprach.

„Ich hoffe Du bist mir nicht böse, wenn ich allein hinfahre?".

„Nein. Mach Du mal. Es ist Deine Vergangenheitserinnerung. Da kann ich Dir eh nicht bei helfen. Wie lange fährst Du da?".

Du, keine Ahnung. Ich denke mal drei bis vier Stunden werde ich für eine Tour brauchen".

„Ok, dann brauche ich für Dich kein Mittag mit einplanen. Du gehst aber irgendwo etwas essen, ja?".

„Ja sicher. Du willst wirklich nicht mit?".

„Wirklich nicht, nein".

Kaum war Ronny mit seinem SUV unterwegs klingelte das Telefon.

„Wer ist das denn so früh. Das kann doch nur Ronny sein, der etwas vergessen hat. … Na, was hast Du vergessen?", dachte und sprach Monika.

„Hören Sie mir jetzt genau zu. Ich weiß Sie kennen mich nicht … Ihr Mann wird Ihnen auch sicher nichts von mir erzählt haben … Aber ich weiß alles über Ihren Mann … Er hat mich damals, in den 70igern, an die Stasi verraten und ich bin im Knast gelandet … Ronny hat mein Leben zerstört … Bis heute kann ich nicht in geschlossenen Räumen sein … Ich habe keine Freunde gefunden, ich war mein Leben lang allein … Ich habe keine Lust mehr zu Leben … Ich mache jetzt Schluss … Sagen Sie Ronny, er ist für meinen Tod verantwortlich … Wir waren so gute Freunde, aber er musste mich ja … schluchzt … sagen Sie ihm er wird etwas in unserem Versteck finden und dann soll er sich noch ein schönes Restleben machen. Mit dem Gewissen, wenn er so etwas überhaupt hat, das er mein Leben auf seiner Kappe hat".

Monika stand versteinert am Telefon und war sprachlos. Erst als ihr Gesprächspartner sagte, dass er jetzt von einem Hochhaus springen würde, schrie sie Worte des Bedauerns und des Nichtspringens in den Hörer.

Nach einem Moment des Schweigens kam dann ein Geräusch, welches ein Windrad machte. Kurz darauf vernahm Monika ein lautes, knirschendes „Platsch".

Dann war die Verbindung unterbrochen.

Vor ihrem geistigen Auge stellte sich Monika vor, wie da irgendwo auf der Welt ein Mann auf einem Hochhaus stand und herunterblickte um dann einen weiteren Schritt nach vorn zu machen, um in die scheinbar endlose Tiefe zu fallen.

Er hatte nicht nur diese Worte gesprochen, er erzählte Monika seinen gesamten Lebenslauf. Sie stand angewurzelt im Wohnzimmer und hörte ihm zu, ohne auch nur einen Mucks von sich zu geben. Zwischendurch dachte sie, dass es dem Mann helfen könnte, wenn sie nur zuhören würde und er sich dann nicht vom Dach eines hohen Hauses stürzen würde.

Denn das betonte er immer wieder, dass es hier und heute sein letzter Tag sein würde.

Monika hatte so gehofft, dass er es nicht tun würde. Aber scheinbar gab es für Jens, so stellte er sich vor, keine andere Möglichkeit mehr, als so aus dem Leben zu scheiden.

Als nur noch das Freizeichen aus dem Hörer ertönte, legte sie das Telefon, mit zittrigen Händen, auf die Station. Dann setzte sie sich auf die Couch und atmete schwer. Ihr Blick ging in Richtung Bilderrahmen, der an der Wand hing. Dort waren Fotos aus fröhlichen Familienzeiten.

Eines zeigte sie und Ronny kurz vor ihrer Hochzeit.

Ein anderes den Tag als Peggy eingeschult wurde. Monika an der linken, Ronny an der rechten Seite, in der Mitte stand Peggy mit der großen Schultüte.

Sie dachte über ihr Leben mit Ronny nach.

War sie so blind oder so verliebt?

Was war bloß alles geschehen, so nebenbei. Warum hat sie niemals etwas bemerkt. Sie dachte wirklich, dass ihr Mann früher zur Klinik gefahren war, um dort als Pfleger zu arbeiten und nicht als Offizier bei der Stasi. Auch glaubte sie, dass er immer ehrlich zu ihr war. Aber jetzt machte das Ganze eine Rolle rückwärts. Plötzlich begriff Monika, was sie in den letzten Jahrzehnten wirklich für ein Leben hatte. Seit 1982 war sie verknallt in diesen Mann. Zwei Jahre später war sie mit ihrem Traummann verheiratet und weitere zwei Jahre später verhalf Peggy dem Paar zu noch mehr Glück. Ja sie war nicht die leibliche Tochter, aber Peggy wurde genauso geliebt, als ob sie es gewesen wäre.

Dann hörte Monika, die ihren Kopf neigte, Peggys herzerfrischendes Lachen. Sie war so ein fröhlicher Mensch. Warum musste sie nur so früh gehen?

Das Lachen war verhallt, dann folgte der Aufschlag des Wagens mit dem Baum.

Ja, das waren die letzten Erinnerungen an Peggy. Sie lachte und plötzlich war alles vorbei.

Monika nahm ihren Kopf wieder hoch und blickte erneut auf die Ahnengalerie an der Wand.

Auf keinen der Bilder lachte sie. Alle um sie herum lachten, aber in ihrem Gesicht war kaum etwas von Freude zu erkennen.

Doch, da. Auf dem Foto vor dem Colosseum. Ja da war ein breites Lachen von Monika zu sehen. Ein toller Badeurlaub der Familie, mit einem Abstecher nach Rom.

„Mensch Meier, das ist auch schon wieder so lange her", dachte Monika.

Als ob man mit der Fernbedienung den Sender gewechselt hätte, kamen Monika plötzlich wieder die Bilder des Mannes in den Sinn, der sich von einem Hochhaus in die Tiefe fallen lässt. Sein Flug schien nur nie enden zu wollen. Immer schneller und schneller zogen die Fenster an ihm vorbei.

Hatte er noch versucht sie mitzuzählen?

Wahrscheinlich nicht. Er hatte sicher andere Sachen im Kopf. Was denkt man da, wenn man sich dazu entschlossen hat über den Abgrund hinaus zu gehen und nicht mehr zurückkann?

„Verdammte Scheiße, warum habe ich das gemacht?".

„Wow, ist das schön zu fliegen".

„Mach es gut Du böse Welt".

„Hoffentlich überlebe ich das nicht".

Man soll wohl, bevor man aus einer solchen Höhe auf den Boden aufschlägt bewusstlos werden. Ob das stimmt, weiß wohl niemand so genau. Der Körper reagiert damit auf die Situation und schaltet die Funktionen aus. Das erspart demjenigen zumindest den Schmerz, den man wohl haben muss, wenn man auf dem harten Betonboden, zum Beispiel vor der Haustür, aufschlägt. Auch wenn dieser nur sehr, sehr kurz wäre, da sich der gesamte Inhalt des Gehirns mit dem Blut auf dem steinigen Untergrund verteilen würde und somit keine Schmerzaktionen mehr weitergeleitet werden könnten.

Bilder, die Monika jetzt kaum wegbekam. Sie versuchte sich abzulenken, indem sie aus dem Fenster sah. Aber da achtet sie auch nur darauf, wann denn dieser Mann an ihrem vorbeikommen würde. Obwohl sie in einem Einfamilienhaus wohnte.

Mit einem großen Schreck huschte Monika dann hoch. Wieder ertönte das Klingeln des Telefons.

„Jens kann es wohl nicht sein", dachte sie.

Mit zittriger Stimme sagte sie: „Hallo".

Es war Oliver.

Er wollte unbedingt vorbeischauen und er hätte auch eine Wahnsinnsneuigkeit.

Monika lehnte jedoch ab. Sie wollte jetzt mit niemanden reden. Und schon gar nicht mit diesem an einem Tisch sitzen und ihm dabei in die Augen sehen müssen. Dazu war sie nicht in der Lage.

Oliver ließ es sich aber nicht nehmen um Monika dann doch von seiner neuen Errungenschaft zu erzählen.

„Echt? Das sich ja wirklich mal Neuigkeiten. Darüber musst Du mir bei Gelegenheit mehr erzählen, aber jetzt muss ich los. Tut mir leid, Olli. Tschüss".

Oliver hielt Monika einige Minuten in der Leitung, ohne dass sie viel sagte. Nur zu diesem Schlusssatz ließ sie sich verleiten.

„War ich jetzt etwas zu unhöflich zum Olli? Egal. Noch mehr solcher Nachrichten und ich stürze mich auch gleich von einem Hochhaus. Da muss ich aber weit fahren, also doch besser vor einen Zug werfen", grinste Monika in sich hinein.

Wieder setzte sich Frau Sommer auf die Couch und dachte nach.

Die letzten Minuten waren für sie sehr schwer einzuordnen und zu verstehen.

Doch dann kam ihr eine Idee.

***

Als Ronny das Ortseingangsschild von Völpke hinter sich gelassen hatte, kamen in ihm viele Erinnerungen hoch. Er wollte sehen ob diese noch genauso waren, wie er sie im Kopf hatte. Zuerst dachte er an den Konsum, dann an den kleinen Spielplatz, wo er oft mit Jens gespielt hatte. Aber zunächst kam er an einem Blumenladen vorbei. „Hmm, da war mal der Friseur drin. Nee, das war schon immer ein Blumenladen, oder? Na sicher, da habe ich immer die Blumen für die Mama zum Geburtstag gekauft. Der Friseur war ein paar Straßen weiter links".

Er fuhr etwas langsamer um sich genauer umzusehen. Dann bog er nach links ab. „Wahnsinn, hier hat sich ja fast nichts geändert. Den Haarschneider gibt es hier immer noch". Ronny bremste seinen SUV und schaute durch das Schaufenster. „Naja, neue Stühle hat der Laden wenigstens, aber sonst sieht er aus wie früher". Seine Erinnerung täuschte ihn jedoch. Nicht nur die Ladeeinrichtung war recht neu, sondern auch die Fassade und Fensterfront wurden im Laufe der Zeit erneuert. Und Frau Schnabel gibt es auch nicht mehr. Sie war damals die Einzige, die Ronny bis zu seinem achten Lebensjahr die Haare vernünftig schneiden konnte. Wenn seine Mutter es versuchte fing er immer an zu weinen oder gar richtig bockig zu werden. Das begann schon mit dem Drama, das man vor dem Haarschnitt die Haare waschen musste. Das hasste Ronny dermaßen, dass es oft auch zu Handgreiflichkeiten in der Familie gekommen war.

„Stell' Dich doch nicht so an, das ist doch nur Wasser", hört er seine Mutter immer noch sagen.

„Ja, ja, nur Wasser. Und was ist mit dem Shampoo? Das brennt in den Augen", antwortete er darauf.

So ging das über viele Jahre, bis Frau Schnabel seiner Mutter eines Tages riet den Jungen mal mitzubringen. Dies tat sie beim nächsten Mal dann auch und siehe da: Klein Ronny ließ sich seine Haare ohne jeden Terror schneiden.

Was war ihr Geheimnis?

Es klingt vielleicht komisch, aber sie wusch die Haare nicht mit Shampoo, sondern opferte für den Kleinen ein Ei. Ja, richtig, sie schäumte Ronnys natürliche Kopfbedeckung mit einem frischen Ei ein. Das fand Ronny damals sowas von sensationell, dass ihm gar nicht einfiel zu weinen oder gar zu schlagen. Fortan wurde sein Haar nur noch mit einem Ei gewaschen. Mittlerweile benutzt er ein normales Shampoo, wobei er jetzt auch viel mehr Freifläche auf seinem Kopf hat.

Ronny fuhr noch eine ganze Weile durch das kleine Dorf und schwelgte in der Vergangenheit. Im Großen und Ganzen hatte sich das Dorf doch sehr verändert. Von den vielen Häusern, waren nur sehr wenige dabei, die es nicht geschafft hatten, ihre Besitzer davon zu überzeugen einen neuen Anstrich oder gar einen neuen Putz zu bekommen.

Nach einem kleinen Abstecher in das Nachbardorf, wo er seine alte Schule begutachtete, lenkte er seinen Wagen jetzt in die Straße, in der er aufgewachsen war. Die Häuser hier waren alle zumindest neu gestrichen worden. Nur beim Straßenbelag hatten die Stadtväter wohl kein Geld in die Hand genommen. Der SUV wurde ordentlich durchgeschüttelt auf dem Kopfsteinpflaster.

„Mein Gott, wie haben das damals die Trabbis ausgehalten?", fragte sich Ronny.

Er nutze eine Parklücke einige Häuser weiter und stellte sein Auto dort ab. Dann ging er den kurzen Weg bis zur nächsten Kreuzung um sich auch in dieser Querstraße etwas umzusehen. Als er dann vor dem Haus stand, in das er eigentlich hineinwollte, überkam ihm ein komisches Gefühl.

Eine Gänseheut schob sich von seinen Oberschenkeln über den Po bis in den Rücken – und zurück.

Wie lange hatte diese Tür nicht mehr aufgemacht? Knarrt sie wohl immer noch so wie früher? Und muss er sich jetzt auch noch so dagegen stemmen um sie zu öffnen, weil die alte Holztür so schwer war? Er drückte die angerostete, verzierte Klinke herunter und schob die Tür auf. Sie ging sehr leicht auf und machte dabei auch kaum Geräusche. Erst als sie hinter ihm zufiel machte sie großen Radau. Der Türschließer war so stark eingestellt, dass die Pforte mit voller Wucht zuschlug und im Treppenhaus einen gewaltigen Hall verbreitete. Ronny sah sich die Namensschilder an den Briefkästen an, aber ihm kam keiner bekannt vor. Das Treppengeländer war noch das Gleiche, nur in einer anderen Farbe gestrichen. Der Handlauf und die Stufen waren in Dunkelbraun und das Geländer in einem zarten hellbraun bepinselt. Es schien nicht von einem Fachmann gemacht worden zu sein. Vielleicht hatte das der alte Hausmeister von früher noch gemacht. Er war die Seele des Hauses und machte so ziemlich alles an diesem Haus. Er konnte vieles, aber nichts richtig.

Als Ronny die Treppen hochlief hatte er total vergessen, dass die sechste Stufe immer knarrte. Damals übersprang er diese immer, um nicht aufzufallen. Natürlich hatte er jetzt nicht mehr daran gedacht und lief in die „Falle". Das knarren war fast so laut, wie das knallen der Tür eben. Ronny schreckte hoch und blieb kurz stehen. Er horchte, ob sich etwas im Treppenhaus tat. Alles ruhig. Das lag auch daran, dass das Haus nicht mehr bewohnt war. Von außen sah man zwar noch Gardinen vor den Fenstern, aber in den Wohnungen waren längst keine Mieter mehr.

Ronny dachte in diesem Moment aber auch nicht mehr an die Worte von Monika, die ihm gesagt hatte, dass das Haus morgen abgerissen werden solle.

Vor der Tür am Dachboden angekommen wollte er diese öffnen, doch sie war verschlossen. Ronny lachte kurz und hob seine rechte Hand und suchte damit die obere Türzarge ab, bis er einen härteren Gegenstand zu Greifen bekam.

„Manche Dinge ändern sich nie", dachte er und öffnete die Tür mit dem eben gefundenen Schlüssel.

Wie vor vielen Jahren, wie in seiner letzten Erinnerung, standen hier noch alle Utensilien genauso da, wie er es sich insgeheim ausgemalt hatte. Nur die Wände waren etwas bröckeliger geworden. Der Putz verteilte sich auf dem Boden. Und wenn man nach oben sah, konnte man teilweise in den Himmel sehen, weil ein paar von den Dachziegeln fehlten. Sogar der alte Zink-Waschtrog war noch da und das Riffel-Holzbrett. Er nahm es in die Hand und drehte es um. Zwei kleine Buchstaben waren dort eingeritzt. J und R.

Beide Buchstaben wurden damals direkt aneinander geschrieben, sodass es aussah, als ob das R vorne einen Bogen nach unten (JR) hatte.

Als er gerade das Brett wieder zurück in die Schüssel legte, hörte er die Haustür zufallen.

Wohnte doch noch jemand in diesem Haus?

Sein Blick richtete sich nun auf den Boden, der sehr staubig und an einigen Stellen auch feucht war. Diese nassen Flecken entstanden genau unter den fehlenden Ziegeln. Dann schaute er nach oben und sah sich den Mittagshimmel an, als er ein weiteres Geräusch im Treppenhaus vernahm. Jetzt blieb er wie erstarrt stehen um zu lauschen. Genau in einem Moment, als das Geräusch näher zu kommen schien, ertönte die Sirene eines vorbeifahrenden Polizeiwagens, das sich bis hier oben in den letzten Winkel des Dachbodens ausbreitete. Ronny schaute sich gerade die Wand absuchend um, als plötzlich die Tür aufging.

„Was machst Du denn hier?"

„Ich muss dringend mit Dir sprechen, Ronn".

„Hat das nicht noch bis heute Abend Zeit?"

„Nein. Das muss ich sofort mit Dir besprechen".

„Ok, was gibt es denn so eiliges, Moni?"

„Olli, also Oliver hat mich angerufen und mir so einiges über Dich erzählt. Und ich wollte das nicht bis heute Abend abwarten, sondern sofort mit Dir klären".

„Was hat er denn gesagt?".

„Er meinte, dass auch er an diesem Projekt beteiligt war. Ihr habt ihm wohl …".

„Guten Tag ihr beiden".

„Huch, wer sind sie?", fragte Monika erschrocken, als völlig unerwartet die Tür aufgerissen wurde und ein Mann zwischen Tür und Angel stand.

„Das ist Jens", sagte Ronny.

„Nein, das kann nicht sein".

„Oh doch Frau Sommer", antwortete der Mann, der plötzlich eine Pistole in der Hand hielt. Diese hatte er hinten im Hosenbund versteckt und vor wenigen Sekunden gezogen. Jetzt richtet er die Waffe auf Monika.

„Sie glauben wohl auch alles, was man Ihnen erzählt, was? Ronny, Deine Frau hat doch tatsächlich geglaubt, dass ich mich von einem Hochhaus gestürzt habe. Gnädige Frau, das Handy war nur an einem Stück Fleisch gebunden und ich habe es in die Luft geschmissen und fallen lassen. Hat ganz schön geklatscht, als es auf dem Boden fiel, was? Schade um das Handy, es ist mir doch tatsächlich kaputt gegangen. Aber es scheint ja funktioniert zu haben, der kleine Trick, haha".

„Was willst Du Jens? fragte Ronny.

„Was soll ich schon wollen? Gerechtigkeit. Wiedergutmachung. Rache. Nenn es wie Du willst".

„Ich versteh nicht ganz was Du meinst".

„Nein Ronny, stell Dich nicht dümmer, als Du bist. Überleg doch mal".

„Ronn, er hat heute Morgen mit mir telefoniert und mir alles erzählt. Du hast Ihn verraten und er hatte wegen Dir kein schönes Leben. Er sagte er stände auf einem Hochhaus und würde gleich springen und Du wärst schuld an seinem Tod".

„Genauso war es Ronny. Du bist schuld. Und dafür wirst Du bezahlen. Deine Tochter habe ich Dir schon genommen, haha".

„Was? Sie haben meine Tochter... Sie waren das in dem Wagen hinter ihr?"

„Ja genau. Ich habe sie von der Straße gedrängt und es tut mir kein bisschen leid".

„Sie Mörder, sie sind...", Monika rannte auf Jens los und wollte ihm an die Gurgel. Als sie sich ihn auf 20 cm genähert hatte, machte er eine Abwehrbewegung, bei der sich ein Schuss löste. Die Kugel trat bei Monika in die Bauchdecke ein, suchte sich dort einen komplizierten Weg, indem sie mehrere Organe durchbohrte um dann aus ihrer Schulter wieder aus ihrem Körper hinauszugelangen. Mit großen Augen und schmerzverzehrtem Gesicht sank sie vor Jens auf den staubigen Boden und wirbelte diesen hoch. Kurz darauf floss ihr Blut aus den Wunden und ließ den Holzdielenboden rot werden.

Jetzt lief der geschockte Ronny los, um seiner Frau zu helfen. Halb laufend und halb gebückt wollte er Monika aufheben. Dies ließ Jens jedoch nicht zu. Er zeigte mit seiner Pistole auf Ronny und schrie ihn an: „Zurück. Los zurück".

„Jens, das kannst Du nicht zulassen. Sie stirbt. Lass uns Hilfe holen".

„Ich sagte zurück, oder ich verpass Dir eine Kugel in den Kopf".

Der Lauf der Waffe war auf seinen Schädel gerichtet und so sah er sich, zumal in seiner Position, nicht in der Lage sich gegen Jens zu wehren und ließ seine Finger von Monika. Aus seiner knieenden Haltung erhob er sich langsam, ohne dabei den Augenkontakt zu Jens zu verlieren und ging drei Schritte zurück.

In diesem Moment machte Monika einen letzten Atemzug und dann ließ ihr Körper jegliche Kraft los, sodass sie in sich zusammensackte.

„Was hast Du vor?"

„Such das Versteck. Weißt Du noch wo es ist?"

„Nicht genau. Ich denke hier irgendwo".

„Such es".

Ronny suchte zunächst mit den Augen, dann mit den Händen die Stelle der Wand ab, hinter der er das Versteck vermutete. Früher hatte er hier eine besondere Art den Stein zu finden. Er zählte damals die Reihen von unten nach oben und dann von links nach rechts. Aber diese Zahlenkombination wusste er jetzt nicht mehr oder in dieser Stresssituation war sie ihm entgangen.

Nach mehreren Versuchen zog er einen Stein aus der Wand. Dabei rieselte etwas Putz auf den Boden.

„Soll ich ihm den Stein an den Kopf werfen?", dachte Ronny kurz nach.

„Wirf den Stein dort in die Ecke", sagte Jens und zeigte Ronny welche er meinte.

Einen Augenblick hielt Ronny den Stein fest und überlegte, ob sein Gedanke von eben auch in die Tat umzusetzen wäre. Gegen eine Pistole ist so ein Stein wohl keine geeignete Duell-Waffe. Er schmiss den Mauerstein in die gewünschte Ecke.

„Traust Du Dich da reinzugreifen? Ich habe mich vor einigen Tagen getraut. War nicht schön, was ich dort gefunden habe.

Aber ich habe Dir auch was Hübsches reingelegt. Greif ruhig zu, es beißt nicht".

Ronny schaute Jens mehrere Sekunden in die Pupillen, ehe er seinen Blick auf Monika richtete. In dieser Zeit gingen ihm einige Gedanken durch den Kopf. Er fühlte sich an die Zeit zurückerinnert, als der ICE an ihm vorbei rauschte. Jetzt fuhr dieser erneut vorbei. So schnell, dass Ronny in keines der Fenster hineinsehen konnte.

„Nu los, trau Dich", wurde er in seinem Gedankengang unterbrochen.

Zögerlich hob Ronny seine Hand und tastete sich damit an der Wand bis zum Loch. Bevor er hineinlangte begutachtete er seinen Gegenspieler noch mal genau. Jens hielt das Schießeisen immer noch auf ihn gerichtet und in seinem Gesicht machte sich ein hinterhältiges und boshaftes Lachen breit.

Im Raum breitete sich eine unheimliche Stille aus. Selbst von draußen konnte man keinen Ton hören. Nicht mal ein Vogelzwitschern. Eine leere Stimmung herrschte, wie sie, nach einer Druckwelle, die durch einen Atombombenabwurf verursacht wurde.

Ronny steckte seine Hand tief in das Innere der Wand als überraschend ein Aufschrei zu vernehmen war.

***

Hinter Jens stand ein Mann, der sein Augenmerk auf die Frau am Boden warf und diesen mit einem: „Huch, was ist denn hier passiert?", zum Ausdruck brachte.

Ronny konnte nicht sehen wer es war, da Jens direkt davorstand. Aber die Stimme kam ihm sehr bekannt vor.

Noch ehe er begriff wer da in der Tür stand, drehte sich Jens zu dem Menschen um und gab einen Schuss ab. Mit einem lauten Aufschrei glitt die Person langsam, sich den Brustkorb haltend auf die Bretter. Dort angekommen fiel sie zur Seite, sodass Ronny sie jetzt erkennen konnte.

Es war Oliver. Sofort fuhr wieder die Gedankenbahn im Hirn von Ronny.

„Was macht der denn hier?"

Oliver wollte dringend mit Monika sprechen. Da sie ihn mehr oder weniger am Telefon abgewürgt hatte, fuhr er zu ihr und sah nur noch, wie sie mit ihrem Auto aus der Garage fuhr. Er folgte ihr, ohne dass sie etwas davon mitbekam. Jetzt hatte er schon einige Minuten vor dem Haus gewartet, was ihm jedoch länger vorkam und so wollte nachsehen wo sie bleibt.

Oliver hatte ihr noch so viel sagen wollen. Als er dann vor dem Haus der Sommers mit seinem Wagen eintraf und Monika wegfuhr, hatte er ein ungutes Gefühl. Er hatte natürlich nicht gedacht, dass Monika so weit fahren würde, aber die Neugier hatte ihn gepackt und so folgte er ihr bis hierher.

Nun hauchte auch er seinen letzten Atem in den staubigen Boden.

Er wollte Monika von seinen Stasi-Akten erzählen. Dort waren erstaunliche Dinge über ihn zu lesen. Und nicht nur über ihn. So war dort zu erfahren, dass auch er früher mal einen Sender im Kopf hatte. Als er damals als Kind von der Schaukel gefallen war und in der Magdeburger Klinik lag, wurde ihm ebenfalls eines von Professor Schlingbeins Projekten eingesetzt. Bei ihm funktionierte dieses jedoch nicht und so wurde dem jungen Oliver nach wenigen Monaten das Teil wieder herausgenommen.

Und, dass er Peggy bei dem Geburtstag im Jahr 2015 kennen lernte war auch kein Zufall. Er wurde von noch immer aktiven Stasimitarbeitern von seinem Wohnort Stendal nach Schleswig-Holstein versetzt um dort auf Peggy zu treffen.

Welchen Zweck dieses Aufeinandertreffen haben sollte, ging nicht aus der Akte hervor. Vielleicht fehlten aber auch nur die Angaben in der Akte, die nach der Wende noch hätten dazu kommen sollen. Denn natürlich wurden in dieser Zeit keine neuen Ergebnisse mehr nachgetragen.

War Oliver ein Prototyp für eine neue Generation des Projekts Schlingbein?

War der Professor ein Offizier der Stasi, die sich nach der Zeit der DDR noch gruppierte? Es wurde schon seit längerer Zeit gemunkelt, dass es noch ein paar alte Stasimitarbeiter gegeben haben soll.

„Jens, was soll das alles? Warum tötest Du diese Menschen? Wenn Du sauer auf mich bist, was ich gut verstehen kann, dann töte mich."

„Gute Idee Ronnylein. Das hatte ich sowieso vor. Erst Deine Tochter, dann Deine Frau und anschließend Dich. Das dieser Typ hier auftaucht, war von mir nicht eingeplant. Er war zur falschen Zeit am falschen Ort. Sein Pech."

„Jens lass uns vernünftig miteinander reden, wie in alten Zeiten".

„Hörst Du Dir eigentlich auch mal selbst zu? Mit Dir reden? Worüber sollte ich noch mit Dir reden? Du hast mein Leben versaut. Und nun wirst Du dafür bezahlen. Du solltest genauso leiden, wie ich mein ganzes Leben gelitten habe. Weißt Du eigentlich was die mir alles angetan haben damals?". Jens fuchtelte nervös mit seiner Waffe herum. Ronny hatte vor Angst Schweißperlen auf der Stirn und versuchte gute Mine zum schlechten Spiel zu machen.

„Hör mal Jens, ich kann verstehen…".

„Ach, halt die Schnauze, Ronny. Du greifst da jetzt in die Wand. Da habe ich etwas für Dich hineingetan. Los mach schon".

Mit zitternder Hand griff Ronny in die Öffnung und tastete ein Stück Papier. Er holte es heraus. Es war mindestens zweimal gefaltet.

„Los, setz Dich da drüben auf den Boden und dann lies mir laut vor".

Sein ehemals bester Freund tat was ihm befohlen wurde. Er ließ seinen vor Furcht bebenden Körper nieder und öffnete den Zettel.

„Schön laut lesen. Ich will alles genau hören".

Als Ronny anfing zu lesen, trat Jens näher auf ihn zu und hielt ihm die Pistole an die Stirn. Der Zettel in Ronnys Hand flatterte, so dass er ihn kaum lesen konnte. Immer wieder machte Ronny eine Pause und schaute zu Jens hoch.

„Weiter lesen, los".

Nachdem Ronny das letzte Wort gelesen hatte bekam er eine Kugel in den Kopf und fiel sofort nach hinten über und gab kein Lebenszeichen mehr von sich.

„Du kleines Arschloch. Mein Leben hast Du zerstört. Jetzt habe ich mich gerächt und kann auch endlich von dieser Welt gehen. Teufel, heiz schon mal die Hölle, ich komme".

Dann richtete Jens die Waffe gegen seine Schläfe und drückte ab.

Die Hand des toten Ronnys hielt noch diesen Zettel fest.

Ronny, Du warst mal mein allerbester Freund,
bis zu diesem Tag, als man mich von der Schule abholte.
Sie sagten damals, dass Du behauptet hättest,
dass ich Dich dazu verleitet hätte
über den Zaun zu klettern.
Nur Du weißt, dass das nicht stimmt.

Es war unser gemeinsamer Traum
im Westen ein neues Leben anzufangen.

Sie haben meine Familie nach irgendwohin abgeschoben
oder sogar umgebracht.
Ich habe sie nie wiedergesehen.

Sie haben mich eingesperrt, gequält, gefoltert
und nach Jahren an die Bundesrepublik verkauft.
Dank Dir wurde mein Leben zerstört.
Ich leide seitdem unter andauernden Angstzuständen und
war ständig in Therapien, die mir nicht geholfen haben.
Ich musste mein Leben lang Pillen schlucken um ruhig zu
bleiben.

Ich habe Dich lange, ja sehr lange, gesucht.
Wie Du siehst, habe ich Dich gefunden.
Da Du mein Leben kaputt gemacht hast,
werde ich nun Deines zerstören.
Ich folgte Peggy und drängte sie von der Straße ab.
Dass sie das nicht überlebte, war mein Plan.
Nachdem ich Dich gleich getötet habe,
werde ich zu Deiner Frau

fahren und sie auch erschießen.

Weißt Du Ronny, mein Leben war echt Scheiße
und nur Du bist schuld daran.
Deshalb werde auch ich mein Leben heute beenden.

Wenn ich über unsere beiden Leben ein Buch geschrieben
hätte, würde dieses den folgenden Titel tragen:

Die dunklen Seiten eines Sommers

Wir sehen uns in der Hölle

Gez. Jens

***

Nachwort

Als die Leiche von Doktor Professor Schlingbein im Kontrollraum gefunden und der Tatort genauer untersucht wurde, fand man Stasi-Akten, die bewiesen, dass der Professor nach dem Ende der DDR eine Handvoll Männer dazu brachte mit ihm die Dienste des Ministeriums weiter zu führen.

Nach bekanntwerden, wer diese Männer waren, wurden deren Leichen in einer Wohnung in einem kleinen Dorf in Bayern, nahe der Klinik, gefunden. Sie lagen in der Wohnung verteilt, nachdem sie sich jeder selbst mit einer Notfallpille das Leben genommen hatten. In der Presse wurde berichtet, dass es sich hierbei um Zyankalipillen gehandelt haben soll.

Des Weiteren fand man Patientenakten, aus denen klar hervor ging, an was der Professor noch arbeitete.

An Oliver wurde tatsächlich eine neue Generation des Projektes ausprobiert. Es war aber noch nicht so gelungen, wie es sich der Professor vorgestellt hatte. Dieser hatte nicht nur das Sehen und Hören einer Person im Kopf, was ihm ja schon gelungen war, sondern er wollte eine Art Terminator mit künstlicher Intelligenz entwickeln. Diese Intelligenz war bei Oliver schon so weit, dass er selbstständig nach einer ihm einprogrammierten Person suchte, sich ihr annäherte und sie dann irgendwann umbringen sollte. Diese Maschine sollte für einen Angriff auf einen Staatsmann oder einer Staatsfrau entwickelt werden. Der Professor schaffte es jedoch nicht aus der vorgespielten Liebe des Terminators Hass werden zu lassen. Oliver konnte nicht zu einer Kriegsmaschine programmiert werden, weil er durch seinen Rest Menschlichkeit, die er noch in sich trug, nicht erkannte, warum er eine Frau, die er liebte, umbringen sollte. Die gesamten Unterlagen des Professors, mit samt der Computer, wurden geschreddert und verbrannt und für immer vernichtet.

Jens wurde im DDR-Gefängnis schwer gequält und misshandelt ehe er dann an die BRD verkauft wurde. Dort startete sein neues Leben mit Therapien und vielen Aufenthalten in Kliniken und für mehrere Monate in einer geschlossenen Anstalt für psychisch Kranke.

Er hatte die Ereignisse von 1973 nie überwunden. In seinem Kopf schwirrten seitdem die Gedanken, sich irgendwann an Ronny zu rächen. Er brauchte lang um ihn zu finden und um einen perfekten Plan zu erarbeiten.

Er beobachtete die Familie dafür schon seit geraumer Zeit. Jens verfolgte seinen Entschluss, sich zunächst an Ronnys Tochter zu rächen. Eines Tages fuhr er Peggy hinterher und überholte sie auf einer Landstrasse. Peggy war konzentriert am telefonieren, sah jedoch im Augenwinkel, dass sich das überholende Fahrzeug sehr ihrer Fahrertür näherte. Sie machte eine kleine Ausweichbewegung, die dazu führte, dass ihr Wagen ausser Kontrolle geriet und gegen einen Baum prallte. Jens hielt sein Auto wenige Meter weiter an und lief zu Peggy. Sie lag blutüberströmt auf ihrem Sitz und machte den Anschein nicht mehr zu leben. Dann veranlasste er einen anonymen Notruf und verschwand. Am nächsten Tag entfernte er das Polizeiflatterband und stellte ein paar Blumen an den Baum.

Ende

Autorenprofil

Klaus-J. Teutloff wurde 1968
in Berlin geboren.

Seine Kinder- und Jugendzeit
verbrachte er im Bezirk Neukölln.
Nach der Schule lernte er den Beruf
des Tischlers.

Als junger Erwachsener zog er nach Berlin-Kreuzberg und
gründete dort eine Familie, aus der 1989 eine Tochter hervor
ging.

2001 gab es ein Wendepunkt in seinem Leben. Er zog von
Berlin nach Ennepetal (NRW), wo er auch heute noch, mit
seiner zweiten Frau, sehr gern lebt.

Zum Schreiben kam Klaus-J.
im Jahr 2012.

2016 erschien sein erstes Buch

Buchbeschreibung / Klappentext:

Eine einzige Aussage könnte Berlin vor der Zerstörungswut
eines Unbekannten retten, doch bei der Polizei stößt
Susanne P. auf taube Ohren. Ein unwahrscheinlicher Tag
nimmt seinen Lauf, als die erste Explosion die Stadt
erschüttert.

Empfohlen ab 18 Jahren

Es ist im BoD-Verlag unter der

ISBN-Nr. **978-3-7412-9395-5**
als Taschenbuch

und

ISBN-Nr. **978-3-7412-7892-1**
als E-Book

in jeder Buchhandlung und in vielen Onlineshops bestellbar.

Mehr Informationen zum Autor und zu diesem Buch, z. B
eine Leseprobe finden Sie auf seiner Homepage

https://KlausJ-Teutloff.Jimdo.com

Ein großes

Danke

an

meine Frau
Lisa

meine Mutter
Renate Teutloff († 2018)

Autorin
Britta Kummer
https://brittasbuecher.jimdo.com/

und an alle
die an mich geglaubt haben